노인숙 제1시집

희명(希明)의 노래

새미

밖에는 찬바람이 불고 눈이 내렸다. 눈 내린 산봉우리의 흰 이마 위에 잿빛 하늘이 내려와 앉고 내가 일하는 방의 창가에선 몇 번이고 난꽃이 피었다. 나는 걸어서 집에 갈 생각을 한다. 차가운 바람을 맞으며 바람 속에 떠도는 난꽃 향기의 기억을 음미하며 발바닥에 느껴지는 차가운 지면의 감촉을 즐길 것이다.

부족한 작품에 흔쾌히 해설을 맡아 주신 은사님께 감사드린다. 학생 독자를 위하여 여강시가회 카페에 올려놨던 몇 편의 내 어설픈 글에 붙여 논 학생들의 소박한 감상도 함께 싣는다. 또 한 줄의 글을 써야 한다는 그 이유를 덜 궁색하게 해주는 독자가 있다는 것은 행복한 일이다.

아무 이유도 없이 아무 변명도 하지 않고 낙엽은 떨어진다. 눈발은 흩날린다. 나 또한 그렇게 쓰고 싶다. 누구의 마음에도 아름답고 아프게 울려 퍼질 각성과 감동으로. 그러나 다시 다가 서는, 이 시간 너 왜 여기 있나 하는 물음 앞에 초라할 뿐이다.

2002년 11월

노 인 숙

| 차 례 |

제1부

제1부

봄날

어린 시절 동네 아이들과 들락거리던 빈 집
마당귀엔 풀잎 나부끼고 하얀 냉이꽃도 피었는데
소쩍새 소리 없어도 내 사랑 홀로 빈 집을 지키네

짚으로 지붕을 이었던 옛 집 자개 장롱
어머니 손길로 곱게 개켜 논 치마저고리
세월도 사랑도 함께 주름 속에 배어 있네

아지랑이 고운 햇살 흔들리는 머언 들녘
하늘 아래 흘러가는 어린 얼굴들 허기진 눈망울
노오란 장다리꽃 어지럽다 밭둑 베고 누웠네

억새

살아서 만나자던 오랜 약속 꿈이 되고
헤어지던 그 강물만 가슴에 굽이치나
덧없는 바람을 쓸며 흐느끼는 깃발이여

봉숭아 꽃물 들인 고운 손길 언제런가
여윈 몸집 가리우는 헐거운 치마폭에
강물도 선혈 쏟으며 서천으로 흐르누나

외론 하늘 한 자래기 봉우리에 걸렸는데
하이얀 머리카락 유서처럼 흩날리며
삭아진 육신을 벗고 저승길 떠나신 님

달빛 속 쓰디쓴 꿈 몸 뒤뉘며 설레이나
밤 물결 산 그리메에 외론 맘 씻어내고
이제는 품고 가야 할 하늘 한켠 사랑인 걸

나비

미움의 독 뿜어내며 흘겨 뜬 시선조차
풀솜 같은 사랑으로 허물인 듯 벗어두고
아픔도 한스러움도 춤사위로 풀어내나

정한 숨결 죽어져서 나풀대는 하얀 몸짓
꿈결 타고 날아가는 목숨 끝 길을 따라
햇살에 간지럼치는 내 영혼의 가벼움

짙푸른 청산도에 강물은 사무쳐라
한 줄기 미몽일랑 향연으로 피워내고
꽃보다 고운 넋으로 홀로 가는 저승길

봄비

버들가지 사이사이 은실로 내려오네
연두 빛 새순 하나 하늘 길에 울고 섰네
제비꽃 젖은 눈망울 꽃상여 따라가네

흰 머리칼 수런수런 바람에 갈래 짓고
푸른 옷깃 여민 품에 나비 꿈 묻어 두고
갈매빛 등성이마다 침묵으로 외치는가

촉촉한 네 옷자락 눈시울에 스치는데
헐벗은 길을 따라 소망 하나 보내 놓고
오늘 또 오늘을 살다 내일 와도 모른 것을

강

네 물결로 나의 맘 비추나 어둠이여
너 흘러서 내 모습 떠간다 사랑이여
바람에 흔들리면서 고요에 몸 부친다

물한리

갈가마귀 울음에 산들 여위어가고
씀바귀 마른 잎에 바람이 볼을 쓰는
물한리 지는 햇살에 한숨 같은 고추잠자리

머얼리서 차갑게 떨고 있는 강물소리
신새벽 산 기운에 푸르른 댓잎마다
등 굽은 산 너머 오는 손 시린 세월이여

노란실잠자리

연한 풀빛 저고리에 노란 치마 갖춰 입고
얼비치는 하얀 물결 공기층을 따라가서
투명한 햇살 사이로 가벼이 스며든다

일곱째 마디에다 검은 무늬 그린 마음
머언 먼 땅 속 세월 역사로 새겨 두고
날갯짓 눈부신 오늘 고요로만 피워낸다

노랑나비

갈매나무 수액으로 목마름 달래 보고
쥐손이풀, 엉겅퀴, 개망초 꿀도 달다
여름날 초록 숲 속에 금빛 춤의 유혹인 걸

뜨거운 너의 사랑 강물처럼 한없어도
내 어둠의 저 편까지 밝히지 못하는 빛
한 살이 살고 나서도 또 벗어야 할 허물인 걸

낮은 산지 숲가로나 낮은 초지 계곡 주변
여름 잠 자던 자리 슬픔처럼 푸른 이슬
뉘 영혼 무게를 털고 저승까지 날아왔나

언덕에 서서

세상 이치 꿰뚫을 듯 날카롭던 눈빛 속에
속으론 웅숭 깊은 사랑까지 담겼음을
긴 세월 바람맞으며 예 와서야 아는 건가

기억을 뒤져보면 거기 늘상 서 있었는데
비 젖은 풀잎들이 물기 털며 일어서고
기슭에 홀로 피었다 눈가에 지는 이름

고달픈 세상 향해 뜨거운 입맞춤을
검은 저녁 산언덕에 붉디붉게 토해 놓고
가벼이 침잠해 가는 하루해의 날갯짓

꽃

내일의 문으로 들어가려는 몸짓이었다.
심장을 다 기울여 고이 피운 사랑이었다.
먼 열매 가는 길 위에 흔들리는 한 점 미소

낙엽

이제 중력에 이끌려 땅으로 돌아간다
바람의 시위를 받으며 눈부신 낙하의 순간
가지 끝 매어 달렸던 시간의 무게 털어 낸다

귀뚜라미

섬돌 밑 작은 몸에 복잡한 갈색 얼룩
앞다리 바깥문에 두 귀 열고 듣는 노래
부르는 가을 신호음 그늘진 어둠을 운다

참았던 울음 울려 한 시대를 기다렸나
날개맥 빈 관에 진한 체액 흘려 보내
밤새워 울음 울려고 새 날개를 펼치노라

짧게 또는 길게 달빛 따라 가는 소리
가냘픈 더듬이로 삶의 향방 찾아 보다
파아란 깊이에 서서 천명을 울리고 있다

약수터

신새벽 어둠 깨고 그리움으로 길어 올려
먼 먼 여인네의 치마폭 적시더니
옛 터전 홀로 지키며 푸른 슬픔 고여 있네

청화산

드높고 맑아서 고독한 그대 얼굴
차가운 이마 위에 가을 햇살 비껴 가고
청청한 소나무 숲에 푸른 안개 서려 있다

섬

부딪치는 부딪치는 달려오는 달려오는
밀려가는 밀려가는 푸른 점 사라져 간다
다정한 어깻죽지에 기대 오는 아픈 파도

나무

흩어져간 꿈의 선율 메아리로 돌아온다
떨구어낸 꽃 이파리 젊음의 어지럼증
한평생 길어 올린 물 은하로 흐르고 있다

바람이 분다 해서 달리 지향한 것은 아니었다
물결처럼 흔들리다가 허공 무성히 휘젓다가
팔 벌려 받드는 것은 늘 푸른 하늘이었다

나팔꽃

저녁 햇살 비낀 그늘 선홍빛 얼굴이여
여린 잎 꽃으로만 하늘 향해 열린 마음
바람 속 할 말을 잃고 선율로만 흐르누나

쌀 뜨물 보오얗게 우물가에 부어 놓고
뒤란 흙담 너머 덩굴손을 내밀어서
지나는 눈빛을 따라 나직나직 불어 보네

비

먼 허공을 가르며 석기 시대를 건너온다
어디로 곤두박힐 한 순간을 향하여
온몸을 던져 부서지는 잎새 끝 물방울

산다화(山茶花)

시린 하늘가에 네 붉은 얼굴 눈을 녹인다
등 굽은 언덕길에 어깨를 부딪치며
한때는 바람 속에서 흔들리던 등불인데

병 깊어 피를 토하는 아린 겨울 끝자락에
수렁 속 잠을 깨어 새벽 안개 걷어내고
선연한 그리움으로 짙붉은 덩이덩이

가난한 처마 아래 윤기 나는 쪽진 머리
진초록 잎 바탕에 물결 무늬 비늘을 털며
귀여운 동박새 맞아 노오란 꽃술을 단다

강물

갈라터진 손등을 간지럽히는 햇살
발가락 사이로 빠져나가는 모래
포옹의 틈바구니로 흘러가는 시간

제2부

산에 온 것은

엎드린 등성이 길로 저녁답을 걷다보면
실낱같은 꿈을 따라 길 끝에 또 길이 있어
저녁답 노을이 타네, 날 부르는 이름인가

태곳적 산나리꽃 수풀 사이 호젓한 곳
결고운 햇살 자락 비단실로 드리우고
잎새들 빛살을 타고 온 몸으로 떨고 있네

검게 타는 지평선에 꽃 피는 노을이야
잊으라 잊어버리라고 산 너머 세상 일은
산산히 부서지는 빛 서러운 산 노을이야

맑은 물에 씻으려는 갓끈도 아니언만
바람 소리 설레이는 귀울음을 우는 것은
울려도 울리지 않는 하늘종 때문이었네

세여울*

여울져 굽이치며 나래 펴고 너울너울
물소리에 몸 씻으며 마른 바람 설레누나
여름내 모래를 달구던 불길조차 다스리고

갈대들 흐느끼듯 속삭이는 노래 가락
세월의 모래 벌에 나지막이 스며들고
햇살에 잎새 떨구며 줄지어 선 그림자

찬 빗방울 맞으며 강바닥에 누운 돌 틈
야윈 몸 뒤채이다 몸겨누운 풀잎 사이
시리게 머언 하늘 끝 까마득히 날아가라

백제와 신라 사이 고구려의 물줄기가
산과 산 이어져서 퍼덕이며 깃든 골에
하루 또 하루를 걸어 천 년에 닿은 여울

---

* 충청북도 단양군 삼탄리에 있는 여울물

도명산

엎드린 능선 위로 쏟아지는 빛부심은
욕된 역사 속에 품어 온 칼날인가
언젠가 도려내야 할 징그러운 살점일레

흰 옷 입은 혼백들이 서릿발로 일어서는
저어기 저 땅 끝까지 숨가쁘게 달려가라
산하여 부릅뜬 눈으로 잠든 밤을 지켜라

노근리 깃발

불러볼 무엇을 향한 뜨거운 함성인가
증언의 하늘 아래 곧게 선 너의 자태
끝끝내 밝히고야 말 그 날의 외침이여

뛰는 심장 겨누어 볶아대던 총알 소리
원혼은 숨을 죽여 지하로만 흐르는데
새도록 밤 울음 울며 칼바람에 날고 있다

짐승 같은 군화발로 짓이겨진 풀밭 위에
비명 소리 침묵에 갇혀 검은 혀로 떠돌더니
이 저녁 하얀 저고리에 핏빛 놀로 쏟아지나

단군의 후예들의 찢어진 자존의 땅
말갈기 휘날리며 땅을 박차 달려가라
쓰라린 상처를 넘어 나래 펴는 산맥이여

소리

한 마음이 울려서 찬 공기를 밀고 온다
흔들리는 공기의 결이 모르는 새 다가 온다
천천히 어둠의 그늘로 스며드는 눈부신 빛

생일날
— 사랑하는 아들 재진이에게

유월이라 초하루는 새 생명의 불이 밝아
싱그러운 녹음 위로 푸른 하늘 펼쳐 두고
동트는 산하를 울리며 나래 펴고 퍼덕이네

흰 쌀밥에 미역국 행복하게 잘 살라고
햇빛은 더 빛나고 풀잎은 더 푸르던 날
온 세상 큰 축복으로 너를 반겨 맞이했지

주고 줘도 못 다 줄 엄마 사랑 아빠 믿음
너로 하여 한량없이 넓어진 마음 밭을
갈고 또 일구다보면 삶의 보람 이뤄낼까

내 생 다 하여도 너 삶으로 기쁜 마음
길 위에 또 길이 있어 바장이며 헤매어도
따수운 밥상을 둘러앉아 등불 밝혀 기다린다

— 2002년 음력 유월 초하루 엄마가

한솔
— 정년 퇴임하시는 교장 선생님께

드높은 하늘 아래 스승의 외길 따라
사랑과 정성으로 가꿔 온 선비의 뜻
교육의 서른 아홉 해 우뚝한 봉우리여

푸르른 잎새마다 그리움 접어 두고
내일의 새벗들을 아끼고 기르신 뜻
그 단심 거름이 되어 겨레얼로 맺었어라

배움의 구비구비 따스한 손길 두고
평생을 하루같이 참사람 길러내려
숨가빠 달려온 세월 꿈인 듯 아득해라

멀리로 가까이로 나래치는 산맥들은
소백의 정기 받은 역사의 동맥인데
여기쯤 짐 부려놓고 돌아보는 오늘인가

2002. 8. 30

은행나무

모진 세월 눈보라도 너의 기개 비켜 가고
피붙이 하나 없는 외로운 거리마다
화안한 등불을 밝혀 은빛 자랑 달아놓네

천심이 내려지는 신목으로 심은 뜰에
목민관 악정에도 고운 생명 감싸안고
그리움 화석이 되도록 억 겁을 견뎠어라

벌레 하나 범접 못할 맑은 뜻 기상 속에
점잖은 풍습대로 바라보며 아끼는 이
외따로 서서 바라도 꽃 피고 열매 맺나

한글날

중생의 어리석음 어여삐 여기시어
바른 소리 적어내는 스물 여덟 글자 속에
천지인 삼재를 담아 음양오행 밝히셨네

한 소리 또 한 소리 우주를 펴 올리어
삼라에 두루 펴는 홀소리 닿소리로
마음 끝 따라가 보면 일심(一心)에 닿았어라

종묘

한 줄기 지붕 위에 천 년 세월 이고
탯줄처럼 질긴 서슬 푸른 무게 고여 있어
저승과 이승을 잇는 혼이 서린 서천 뜨락

물기 없는 햇살조차 그늘 가려 내려 앉고
나무는 뿌리 깊어 꽃 좋고 열매 많아
묵중한 그림자마다 큰 기둥 섬겨 있네

섬돌을 올라가면 구름 위 천상인데
황금빛 휘장 속에 정좌하신 혼령들은
어리는 선율을 따라 붉은 햇살 지켜본다

금강

꽃 비단 펼치면서 깊은 상처 보듬어라
동학년 아우성이 시퍼렇게 살아있어
소백의 물줄기 따라 서해까지 굽이친다

너른 벌 생명 찾아 네 젖줄에 입술 대고
부소산 낙화암에 지는 꽃잎 향기 담아
밤 새워 퍼올린 하늘 찬 빗속에 잠겨 있다

강 건너 해방구에 흰 옷 입은 백송들이
땅거미 떨쳐내고 아침으로 솟는 그늘
고운 꿈 넘실거리며 아픈 역사 씻어낸다

볼 붉은 잎새들이 상채기로 치장하고
앉으면 청산 아래 일어서면 백산 이마
우우우 함성 일구며 푸른 동맥 뛰놀아라

고가(古家)

햇덩어리 붉게 타는 꿈길로만 오시더니
용이 되어 오르시던 은행나무 가지 사이
푸르른 조선의 하늘 청백리를 키운 터전

두문동 칠십 이 현 조상으로 섬겨 두고
향그런 음률 속에 겨레의 얼을 지켜
외로운 강물을 건너 붉은 마음 지닌 자태

그윽한 기왓골에 단아한 가을 햇살
헐어진 세월의 옷 이끼로 피워 두고
이제는 고불(古佛)이 되신 임의 자취 품었어라.

엎드린 능선 따라 역사는 굽이치고
온 몸으로 밟아 가는 절망의 산맥 아래
불러볼 이름을 지켜 영겁을 견디는 집

광장

  피 홀리는 목숨 아래 엎드려만 있는가

  잔등에 쏟아지는 빛을 주우며 속울음 삼키는 이념의 터전, 힘차게 흔들어 볼 깃발을 위해 선지피 쏟으며 쓰러져 간 젊은 넋, 어두운 하늘 아래 이제껏 엎드려만 있는 걷잡을 수 없이 너른 넓이, 어디로 달려가는 역사의 말발굽이, 밤 깊어 혈맥 속에 날갯짓 고동치면 야위어가던 풀잎 하나 침묵 속에서 솟구치고

  다시는 잠들지 않을 메아리 흔들고 있다

굴원을 위한 노래

물가에 서면 묻지도 못할 하늘만 드높고
산은 물에 잠겨 깊이 모르게 가라만 앉고
거꾸로 날아가 버린 사랑의 검은 새들
출렁이는 물이랑에 바장이는 흰 그림자
투명함에 씻기우는 순결한 그대 얼굴
가르며 곤두박히는 슬픔의 푸른 칼날

천 년을 건너와서 유(類)가 되어 간(諫)하는 뜻
파리한 눈썹 하나 상강에 빠져 있어
물고기 강심을 돌며 홀로 깨어 소리친다

제3부

靈泉

너 신령한 샘에서는 생명수가 흐른다지
목 추길 주막 지나 서천 너머 저승인가
온 삶의 흔적을 지워 물길로만 달려왔다

말라가는 잎새 하나 아픔으로 견디던 꿈
흐느끼는 봄비 속에 향불 연기 타오르고
산허리 시린 바람에 푸른 넋들 설레인다

靈泉 2

밀림 속 불어오는 뜨거운 바람이여
징그럽게 감겨오는 고엽제 향기 속에
불같은 피를 쏟으며 산화한 전우들아

너 잠든 샘터에 백일홍 붉은 것은
타는 맘 햇빛으로 점점이 찍어 놓고
불길한 깃발 흔들며 다시 오는 그늘이여

편안한 그 나라에 쉬어가란 허락 없어
학살당한 목소리들 진흙 속에 몸을 묻고
총소리 몸부림치며 꿈을 겨눠 질주하는

청람벌

쪽빛 푸른 풀이 피어나는 네 가슴엔
한 번은 겨레 위해 바쳐질 붉은 마음
오래된 외로움 하나 밤을 새워 서성인다

창문 밖 찬바람이 신음하는 어둠 속에
지폐와 무기가 물결치는 거리마다
종이꽃 시든 자리에 낯선 새들 둥지를 튼다

전화

달이 뜨고 휘파람 소리 하늘을 가른다
날카롭게 허공을 찌르며 육박해온다
뱀 같은 기계음이 칭칭 일상을 휘감는다

수학 시험

종소리 5분만에 문제지 덮어놓고
풀길 없는 부호 앞에 절망으로 엎드리면
세상은 또 무슨 문제로 웃음 지며 막아설까

창

투명한 창 너머로 아픈 물기 흐르는데
보송한 맨 눈으로 그걸 바라보는 너는
차가운 유리알 저 편은 한 폭의 풍경일 뿐

네모난 창틀 속에 한몸으로 낑기워져
안과 밖 이름으로 평생을 지내건만
궂은 날 정작 딴판인 그 얼굴 누구인가

새 집

새 집 짓고 옮기려면 닦아야 할 업이 있다
숨어서 가야 하는 시간이 오리라는
헐어야 지어지는 집, 다음 날의 집이 있다

제웅

지푸라기뿐인 내 몸을 바늘로 찌르는 건
너의 증오 뼛속까지 너의 비원 날 겨눔인가
그 미움 하늘에 사무쳐 자신까지 죽이겠지

나 다시 지푸라기로 돌아가 누우면
빗소리 바람소리 춤사위로 풀어놓고
액막이 보름밤에 뜬 달빛조차 스며드네

해질녘

어스름 속에 붉은 해가 고요히 타고 있다.

하얀 소독 냄새 속에
창을 열고 하염없다

꿈에서 본 듯한 풍경
어둠 속으로 빨려간다.

가을날

굴러가는 공을 따라 이리저리 질주하는
젊은 다리 힘찬 근육 바람이 쌩쌩 인다
떨어진 낙엽 하나가 물끄러미 보고 있다

풍경

이상한 부호로 둘러싸인 거리에서
새벽부터 밤중까지 길을 잃고 헤매는 사람들
햇빛도 물도 바람도 비켜서 가는 검은 도시

산실

한밤중 자궁을 벌리고 새 생명을 탄생시키는
까마득한 어둠의 깊이로부터 길어올리는 비명
그대여 신이 아니라도 고운 피로 씻기는 거룩함이여

꽃상여

꽃구름 속에 선녀가 하늘 옷을 하늘거린다
꽃봉오리 부채를 들고 먼 길 실어간다
상두가 가락을 타고 무늬 고운 꿈을 꾼다

산자락 솔바람소리 산여울에 푸르게 울고
시린 가슴에 흙을 받아 꾸욱꾹 눌러 밟고
꽃상여 타는 불길 속으로 사라지는 너의 얼굴

이제는 남루라는 껍질조차 다 태우고
산소호흡기 없어도 편안히 숨을 쉬겠지
한낮의 흰 달이 뜨고 말간 햇빛 쓰다듬는다

옛 집에서

피곤할 때면 옛 집에 가 물처럼 드러눕는다
그림자 하나씩 달고 지나가던 저녁 놀
쓰라린 가난의 상처를 어루만지던 깊은 어둠

뼈빠지는 어머니의 단내 나는 숨결 안고
기억의 속살 건드리는 어린 날의 바람 소리
물같이 단 잠을 자며 흑백으로 누워 있다

제4부

연꽃

속이 비어 곧은 대궁 하늘 따라 푸르른데
미륵 님의 고운 미소 뉘엿뉘엿 물살 짓네
눈시울 반만 뜬 사이로 님의 사랑 맺혀 있나

봉오리 받쳐들고 등불인 양 밝힌 둘레
티끌 하나 떨어져도 물방울로 씻어내려
결 고운 너른 잎새엔 님의 꿈을 품고 있나

사바의 진흙 속에 하얀 뿌리 서려 두고
온 밤을 지새우며 합장으로 두신 말씀
이제사 번뇌를 사르고 열반으로 피었어라

바리데기
—버림받은 딸들을 위한 노래

죽음에서 솟아오른 버림받은 딸이 되어
저승길도 길이길래 홀로라도 가렸는데
밥하고 빨래도 하고 아이도 낳아주고

죽음 속에 삶이 있어 어둔 짐을 짊어지고
버림 주는 딸이 될까 버림받은 아픈 마음
저승길 저승길로만 삶을 찾아 떠났어라

약수 한 병 받아다가 죽은 이를 살려내려
천 길 낭떠러지 불가마를 건너가서
죽음을 삶으로 살아 신어미로 살아났네

구병산

아홉 폭 병풍으로 시린 바람 둘러주고
세상사 잊으려는 중생들 품어 안고
이마엔 햇살 무더기 지천으로 피었네

녹차를 마시며

미친 사랑으로 가을 산 물들이고
저녁 해 붉은 울음 온 하늘 불태워도
새벽 비 이마를 씻고 꿈을 꾸며 틔운 잎새

첫봄의 입맞춤에 잠든 세월 새로 피고
정결한 손길 따라 번져오는 핏줄일랑
찻잔에 고운 입술에 젖어드는 푸른 감촉

숨가쁜 여정 사이 망중한을 지어 놓고
외로운 향기조차 화안한 둘레인데
죄 없이 야위어 가는 바람 소리 설레는 밤

사초(史草)에서 지워져간 글 읽은 이름들이
수묵빛 고요 속에 지켜온 매운 뜻은
잎조차 다 걸러내고 물빛으로 남았어라

지장보살(地藏菩薩)

놓고 또 놓고 가라 말씀은 들었건만
나 죽고 또 죽어서 나투지 못하는 나
한 방울 물 한 방울이 또 한 방울일 뿐인 것을

나 하나 쑥 빠지면 그대로 여여한데
끄달리고 치달리는 마음 자리 정처 없어
그림자 또 하나 두고 한 부처를 깨치려나

왼손에는 연꽃 송이 오른 손엔 구슬 들고
석가와 미륵 사이 돌고 도는 육고리를
도리천 새벽 항하사 선정에 드시었네

어머니 크신 땅에 업보의 짐 대신 지고
어짐이 들음이와 미륵 함께 오신 이여
중생을 다 건지시고 세우신 뜻 이루시라

약사여래(藥師如來)

동쪽 하늘 일렁이는 유리광(琉璃光) 구름 위에
불길로 타오르는 연화대좌 크신 자리
왼손엔 보주를 들고 가부좌로 앉으셨네

이 세상 모든 아픔에 약이 있다 하옵는데
약 항아리 받쳐들고 중생 위해 오신 님께
반듯한 정성 올리라 예배석도 두셨습네

통견의(通肩衣) 주름 사이 넉넉한 정 품으시고
미소는 얼굴 가득 연꽃으로 피었는데
미움도 사랑도 함께 온갖 병마 씻으옵서

늙고 병든 아픔인들 약손이면 아니 날까
나고 죽는 고통마저 어루만져 씻어 주오
슬픔의 바다 저 건너 극락정토 있는 것을

고통의 바다 건너 무상의 인생 너머
너 있어 내가 있고 나 없어 너 없는 것을
무량수 저 편 언덕에 피워 올린 꽃 그림자

연 등

너 떠나고 없는 날에도 피어나던 꽃봉오리
꽃 진 그 자리에 까르르 웃음소리
보랏빛 얼굴 감추고 속울음을 우는 거리

무량수 부처님의 헤아릴 수 없는 가슴
조그만 네 몸뚱이 영구차에 실어가서
불길 속 타지 않는 한(恨) 재가 되면 삭아지랴

부처님은 오셨는데 너 어디서 나를 찾나
시린 가슴 적셔 주며 봄비 오는 초파일을
내 품 속 한없는 길가에 기다리는 영가등(靈駕燈)

첫 눈

고구려 장수들이 말을 달려 내려온다
숨죽였던 흰옷들이 천지 가득 나부끼고
해모수 유화를 찾아 하늘 종을 울리누나

얼어붙은 대지 위에 귀 기울여 엎드리면
뜨거운 고동 소리 핏줄 따라 흘러가고
쓰라린 상처를 깨워 흩뿌리는 소금인걸

연인들 고운 숨결 깃을 달고 퍼덕이면
풀솜같은 사랑일랑 눈꽃으로 피어나리
관세음 너른 품 속에 슬픔조차 눈부셔라

새 벽

종 치는 동자승의 입김으로 녹는 하늘
너 울어 깨는 어둠 맥놀이로 머언 소리
땅 깊이 엎드린 중생 외론 영혼 울리시나

그리움 접어 두고 물살로만 퍼지는데
공기처럼 금을 펴서 이어 주는 시간의 빛
인연은 더디게 와도 부처님 말씀인걸

찻물

여린 풀잎 입고 오신
그대 말씀 참선(參禪)인데

만월 하나 띄워 놓고
나 함께 흐른대도

무늬져
파르르 떠는
고혼 아래 엷은 물기

거르고 걸러내어
투명한 살결 아래

뉘우쳐 씻어 내면
더 푸르게 머무는 빛

서릿발
산사시나무
뜨겁게 안고 있네

희명(希明)의 노래

즈믄 손과 즈믄 눈을 가지신 슬픈 이여
무릎 꿇고 두 손 모아 사뢰는 아픈 이들
하나를 또 끼쳐주고 그 슬픔 더 깊어지이다.

꽃차

진달래 꽃잎 띄워 내 사랑 봄날인데
연두빛 저고리에 찻잔을 받쳐들고
향 깊은 잎새 하나이 물빛 속에 설레인다

작설차

미처 피워보지 못한
잎새의 연두빛 꿈

그릇 바탕에 우러나는
저물녘 빗소리

시간의 틈바구니로
젖어드는
푸른 향기

뛰어난 상상력과 체험의 시학

원용문*

우리가 김시습의 『금오신화』를 높게 평가하는 것은 제1차로 그것이 우리나라 소설의 효시라는데 있다. 그러나 5편 속에 용해되어 있는 뛰어난 상상력 즉 문학성도 상당히 고려한 데서 나온 평가이다. <만복사저포기>에서는 이승의 사람과 저승의 영혼이 결합하는 진기성을 보여주었고, <이생규장전>에서는 이생이 난리 중에 죽은 아내의 영혼과 3년간 함께 사는 이야기가 펼쳐졌고, <취유부벽정기>에서는 홍생이 오래 전에 신선이 되었다는 기씨녀와 교유하는 장면이 나오고, <남염부주지>에서는 박생이 염라국에 가서 염라대왕을 만나는 장면이 나오고, <용궁부연록>에서는 한생이 용궁에 가서 새 궁

---

* 시조시인, 한국교원대 교수

궐의 상량문을 지어주는 이야기가 나온다.

이처럼 『금오신화』 속에는 귀신 세계, 신선 세계, 염라 세계, 용궁 세계 등이 자유자재로 펼쳐져서 작가의 상상력이 무한광대하다는 것을 보여주었다. 다시 말하면 시든 소설이든 상상력이 뛰어나면 훌륭한 작품이고, 그렇지 못하면 격이 떨어진다는 것을 금오신화를 통해서 검증해본 것이다.

한편 노인숙 시인의 첫시집 『희명의 노래』의 작품 60여 편을 일별해 보니, 그 무엇보다도 상상력이 뛰어나다는 것을 감지할 수 있었다. 흔히 시는 사상과 감정을 노래한다고 하고, 체험과 상상을 담는다고도 하고, 이미지를 형상화한다고 설명한다. 그러나 상상력이 뛰어나려면 체험이 풍부해야 하고 반대로 체험이 풍부해야 뛰어난 상상력을 발휘할 수 있다. 그렇기 때문에 이 양자는 독립된 별개의 것이 아니라, 손등과 손바닥의 관계처럼 항상 밀접한 연결고리를 맺고 있다. 그래서 이글의 제목을 "뛰어난 상상력과 체험의 시학"이라고 붙였던 것이다.

노인숙 시인은 2001년도 제 22회 전국시조 백일장 및 제1회 맹사성 시조백일장에서 일반부 장원을 한 수상 경력이 있고, 다시 금년에 시조문학의 추천 절차를 거쳐 시인으로서의 위치를 군건히 하였다. 뒤늦게 등단의 절차를 밟고 있지만, 지난 날 자유시를 써본 경험이 많아서 충분한 수련과정을 밟았다고 생각한다. 아울러 한국교원대에서 석·박사 과정을 이미 마치고 학위를 받았기에, 학문적 역량 또한 충분히 검증받았다는 것을 밝혀둔다.

(1) 뛰어난 상상력의 세계

살아서 만나자던 오랜 약속 꿈이 되고
헤어지던 그 강물만 가슴에 굽이치나
덧없는 바람을 쓸며 흐느끼는 깃발이여

봉숭아 꽃물 들인 고운 손길 언제런가
여윈 몸집 가리우는 헐거운 치마폭에
강물도 선혈 쏟으며 서천으로 흐르누나

외론 하늘 한 자래기 봉우리에 걸렸는데
하이얀 머리카락 유서처럼 흩날리며
삭아진 육신을 벗고 저승길 떠나신 임

달빛 속 쓰디쓴 꿈 몸 뒤뉘며 설레이나
밤물결 산 그리메에 외론 맘 씻어내고
이제는 품고 가야 할 하늘 한켠 사랑인 걸

<억새> 전문

이 작품에서 특기할 만한 점은 비유가 뛰어나다는 것이다.
이 비유는 문학의 표현 기교에서 대표적인 기술이다. 그리고
그 비유의 기본적인 원리는 유추라는 방법이다. 유추란 한 대
상이 다른 대상과 많은 표징에 관하여서도 유사하리라는 것을
추정해 내는 추리이다. 즉 旣知의 언어와 未知의 언어가 함께
나눠 가지고 있는 공통성을 말한다.(홍문표: 현대시학이론) 이

처럼 시에서 가장 중요한 요소가 비유이고, 한 작품의 성공 여부는 비유법을 어떻게 썼느냐에 달려있다. 이 작품에서 억새는 나이 먹은 여인에 비유하였다. 그것도 임과 함께 살지 못하고 저승에 간 임을 생각하면서 슬픔에 젖어 있는 여인상을 형상화하였다.

이 작품의 시적 화자가 여인상이라는 것은 '봉숭아 꽃물 들인 고운 손길'이나 '여윈 몸집 가리우는 헐거운 치마폭'이란 구절을 통해서 알 수 있다. 함께 살지 못하고 저승에 간 임을 생각한다는 것은 '하이얀 머리카락 유서처럼 흩날리며'나, '삭아진 육신을 벗고 저승길 떠나신 임'이란 구절을 통해서 알 수 있다. 주인공이 나이 먹은 여인이란 것은 '오랜 약속', '하얀 머리카락'이란 어구에서 알 수 있다. 그리고 '덧없는 바람을 쓸며 흐느끼는 깃발이여'나, '하이얀 머리카락 유서처럼 흩날리며'라는 구절들은 모두 억새를 형상화한 표현들이다.

이 작품에서 억새를 늙은 여인에, 그것도 임을 여읜 여인에 비유한 것은 노인숙 시인의 개성을 한껏 발휘한 표현이다. 또 이러한 비유는 유추를 통해서 얻어낸 결과이지만 뛰어난 상상력이 밑받침되었기에 가능한 것이다.

> 미움의 독 뿜어내며 흘겨 뜬 시선조차
> 풀솜 같은 사랑으로 허물인 듯 벗어두고
> 아픔도 한스러움도 춤사위로 풀어내나
>
> 정한 숨결 죽어져서 나풀대는 하얀 몸짓

꿈결 타고 날아가는 목숨 끝 길을 따라
햇살에 간지럼치는 내 영혼의 가벼움

짙푸른 청산도에 강물은 사무쳐라
한 줄기 미몽일랑 향연으로 피워내고
꽃보다 고운 넋으로 홀로 가는 저승길

<나비> 전문

　아리스토텔레스는 " 무엇보다도 위대한 일은 은유를 자유로이 구사할 수 있는 힘이다. 그것만은 다른 사람에게서 배울 수 없다. 그것은 또한 창조적인 천재의 표징인 것이다. 우수한 비유는 類似眼識을 검출해내는 것을 의미한다."고 했다. 우수한 비유는 아날로지의 발견에 있다는 것이 주지의 사실이다. 그리고 그것은 시인의 상상력에 기인한다.(홍문표: 현대시학이론) 여기 인용문에서 이야기한 대로 은유법을 잘 구사하는 것이 얼마나 힘든가는 시를 써본 경험이 있는 사람들이 공통적으로 느끼고 있다. 비유는 아날로지의 발견에 있고, 그것은 시인의 상상력에 기인한다고 했다. 그만큼 비유가 뛰어나면 상상력이 풍부한 것이고 상상력이 풍부하면 개성적이고 참신한 비유를 구사할 수 있다.

　예의 작품에서 제목으로 내세운 '나비'는 죽은 이의 넋이 환생한 것으로 보았다. 다시 말해서 나비를 죽은 이의 넋에 은유한 것이다. 죽은 이의 넋이라는 것은 '허물인 듯 벗어두고', '정한 숨결 죽어져서', '목숨의 끝 길을 따라', '내 영혼의 가벼움', '향연으로 피워내고', '꽃보다 고운 넋', '홀로 가는 저승길', 등의 어구에서 알 수 있다. 그 죽은 이의 넋이 남자가 아니고 여인이라는 것은 '풀솜 같은 사랑', '춤사위로 풀어내나', '정한 숨결 죽어져서', '꽃보다 고운 넋' 등에서 알 수 있다. 한마디로 나비를 죽은 이의 넋에 비유했다는 것이 범상한 수준을 넘은 것이고, 그러한 비유법을 구사할 수 있다는 것은 시인의 상상력이 뛰어나다는 것을 의미한다.

(2) 체험의 시학

　이상한 부호로 둘러싸인 거리에서
　새벽부터 밤중까지 길을 잃고 헤매는 사람들
　햇빛도 물도 바람도 비켜서 가는 검은 도시

<풍경> 전문

　백철은 그의 『문학개론』에서 "현대의 문학이론가들이 체험을 강조하는 것은 그만큼 일반적으로 문학에서는 체험이 귀중한 증거라고 볼 수 있다. 하여튼 어떤 성질의 것이든 간에 문학에 있어서 체험이 그 창작을 위한 하나의 토양과 같은 내용적인 조건이라고 보아 틀림이 없으면, 체험이 문학을 위하여 귀중한 까닭도 분명하게 알 수 있다"고 했다. 백철의 이론을 빌리지 않더라도 문학은 지은이의 사상·감정·체험 등을 담는 그

룻이란 것은 이미 잘 알려진 사실이다. 문학에서 상상력이 중요하다는 것을 앞에서 강조한 바 있지만, 그 상상력도 체험이나 경험이 부족한 사람은 보잘 것 없으리란 것은 예견되는 문제이다.

상기 작품 <풍경>에서는 도시의 거리에서 전개되는 것들, 직접 보고 체험한 것들, 느끼고 인식한 것들을 그림 그리듯이 그려냈다. 초장에서는 이상한 부호로 둘러싸인 거리라고 했는데, 그것은 울긋불긋한 간판들이 즐비하고, 휘황찬란한 네온사인으로 불야성을 이루는 도시의 거리를 지칭한 것이다. 일상인들에게는 당연하고 정상적이라 생각되지만, 시인의 눈에는 이상한 부호로 인식되었던 것이다. 중장 또한 도시의 밤낮을 그대로 옮겨 놓은 것이다. 웬 사람들이 그처럼 부지런한가. 하루 24시간 동안 어느 시간대에 나가보아도 도시의 거리에는 사람들이 왕래하는 것을 목격할 수 있다. 이 광경이 시인의 눈에는 길을 잃고 헤매는 사람들로 인식되었던 것이다. 그런데 문제는 이처럼 외견상 화려하고 활기찬 도시를 햇빛도 물도 바람도 비켜 지나가는 검은 도시라고 인식하는데 있다. 얼마나 추악하고 폭력이 횡행하고 더러우면 햇빛, 물, 바람마저 비켜서 지나가겠는가. 한마디로 사람 살 곳이 못 된다는 이야기다. 도시에 대한 이런 부정적 인식은 시인의 체험을 통해서 유추된 결과물이란 것을 우리 독자들은 인식해야 될 것이다.

　　미처 피워보지 못한
　　잎새의 연두 빛 꿈

그릇 바탕에 우러나는
저물녘 빗소리

시간의 틈바구니로
젖어드는
푸른 향기

<작설차> 전문

  보통 시인이나 작가의 체험에는 실제적 체험과 상상적 체험
의 양자가 있는 바, 전자는 예술가가 아니라도 누구든지 할 수
있는 것이지만, 후자는 예술가라야만 할 수 있는 것이기 때문
에 창작이 가능한 것이다. 최재서는 문학의 체험적 요소를 특
별히 강조한 분이다. 그는 "문학이란 가치 있는 체험의 기록이
다"고 정의하면서, 영국의 존 밀튼이 정치적 소용돌이 속에서
신고를 겪고 실명한 뒤에 어떻게 <실락원>과 <복락원>을
썼는지를 밝히고 있다.~중략~ 아무튼 문학에 있어서의 체험
은 시인, 작가에게 작품 창작의 동기를 마련해주는 중요한 외
적 조건이며, 또한 독자들이 정서적 감동을 받게 되는 중요한
계기가 됨을 알 수 있다.(구인환: 문학개론) 하여간에 문학에서
의 체험은 시인이나 작가에게 작품 창작의 동기를 마련해주는
중요한 조건이라고 했다. 그것도 실제적 체험보다는 예술적
체험을 지녀야 창작이 가능하다고 했다.
  작설차는 갓 눈이 튼 나무의 새싹을 따서 만든 차라고 한다.
그러니 미처 피워보지 못한 잎새의 연두 빛 꿈이라고 표현할

수밖에 없다. 중장에서는 이 작품의 시간적 배경을 알 수 있는
데, 그 작설차를 우려서 마시는 시간이 저물녘이었고 비 내리
는 시간이었다. 그런데 물을 끓여서 차만 우려내는 것이 아니
고 저물녘 빗소리까지 우려낸다고 한데에 작품의 묘미가 있다.
이 구절이야말로 작자의 상상적 체험을 동원한 개성적 표현이
라고 생각한다. 종장에서는 차를 마시면서 가져보는 여유를
드러내고 있다. 그것을 시간의 틈바구니로 젖어드는 푸른 향기
라고 표현했다. 향기는 후각적인 것인데 그것을 푸르다고 해서
시각적인 것으로 나타냈다. 이런 표현을 공감각 현상이라고
하는데, 향기에다 색채까지 부여하는 수법은 그야말로 예술
작품에서 중시하는 상상적 체험의 소산이라고 생각한다.

(3) 불교적 소재들의 형상화

　　속이 비어 곧은 대궁 하늘 따라 푸르른데
　　미륵님의 고운 미소 뉘엿뉘엿 물살 짓네
　　눈시울 반만 뜬 사이로 님의 사랑 맺혀 있나

　　봉오리 받쳐 들고 등불인 양 밝힌 둘레
　　티끌 하나 떨어져도 물방울로 씻어내려
　　결 고운 너른 잎새엔 님의 꿈을 품고 있나

　　사바의 진흙 속에 하얀 뿌리 서려두고

온 밤을 지새우며 합장으로 두신 말씀
이제사 번뇌를 사르고 열반으로 피었어라.

<연꽃> 전문

연꽃 하면 불교를 상징하는 꽃으로 널리 알려졌다. 절에 가
면 연꽃무늬의 조각과 그림을 많이 볼 수 있고 특히 불상을
모시는 좌대는 거의가 연꽃무늬로 조각되었으니, 이렇게 연꽃
이 불교의 꽃으로 된 것은 무엇 때문인가?

연꽃은 본래 천축에서 피어나는 꽃으로 뿌리는 물밑에 뻗고
잎은 수면에 떠 매끄럽게 뻗어난 줄기 끝에 꽃이 피는데, 아침
이면 피어나고 저녁이면 오므리는 청황적백의 우아한 꽃이다.
연꽃은 진흙 수렁에 자라면서도 물들지 않고 더럽혀지지 않는
깨끗함과 향기로움을 지니고 있다. 노인숙 시인은 불교에서 이
처럼 중시하는 연꽃을 소재로 하여 작품을 형상화하였다.

제1수에서 속이 비어 곧다는 것과 하늘 따라 푸르다는 것은
연꽃의 외양묘사이다. 그런데 그 연꽃을 '미륵님의 고운 미소',
'임의 사랑 맺혀있다'고 본 것은 유추에 의한 상상적 체험의
결과이다. 시인의 주관적 인식이라 볼 수도 있고, 소설에서의
허구와 같은 수법을 원용한 것이라 볼 수도 있다. 제2수에서
'봉오리 받쳐 들고', '등불인 양 밝힌 둘레', '물방울로 씻어내
려', '결 고운 너른 잎새' 등은 역시 연꽃의 외양묘사이다. 그러
나 '님의 꿈을 품고 있나'라고 한 것은 실제적 체험보다는 상상
적 체험의 소산이라 할 수 있다. 제3수 또한 연꽃이 피어난
모습을 '사바의 진흙 속에 하얀 뿌리 서려두고', '이제사 번뇌

를 사르고 열반으로 피었다'고 표현했다. 한마디로 연꽃을 대상으로 '님의 사랑 맺혀있다', '님의 꿈을 품고 있다', '열반으로 피었어라'고 본 것은 시인의 주관적 인식이지만 유추를 통한 상상력의 결과라고 생각한다. 또한 이 작품에 등장한 <사랑> <꿈> <열반>이란 시어를 통해서 보면 노시인의 불교적 인생관을 점쳐볼 수 있고, 그가 지향하는 이상세계가 어떤 것인가를 미루어 짐작할 수 있다.

    너 떠나고 없는 날에도 피어나던 꽃봉오리
    꽃 진 그 자리에 까르르 웃음소리
    보랏빛 얼굴 감추고 속울음을 우는 거리

    무량수 부처님의 헤아릴 수 없는 가슴
    조그만 네 몸뚱이 영구차에 실어가서
    불길 속 타지 않는 한 재가 되면 삭아지랴

    부처님은 오셨는데 너 어디서 나를 찾나
    시린 가슴 적셔주며 봄비 오는 초파일을
    내 품 속 한없는 길가에 기다리는 영가등

                                    <연등> 전문

    고려 때의 풍속으로 왕궁, 서울, 시골 할 것 없이 매년 정월 보름날에 이틀 밤을 켜던 등불 행사이다. 이 행사는 성종 때 일시 폐지하였고, 1010년 즉 현종 1년 윤2월 보름에 부활하였다. 그 후부터는 매년 2월 보름에 연등회를 베풀었다. 1352년

공민왕 1년 4월 8일 궁중에서 연등하고, 궐내에서 100명의 스님께 공양하여 해마다 그렇게 연등회를 행하였다. 조선시대에도 국초부터 반세기 전까지 왕궁에서 여러 가지 등을 만들어 불을 켰고, 서울 종로에서도 각 상점마다 이상한 등을 만들고 불을 켜서 4월 8일을 맞이하였다.

이제까지 연등의 역사와 유래에 대하여 알아보았거니와, 노시인은 바로 그 연등을 소재로 해서 돌아간 임을 추모하는 정을 나타내었다. 이 작품에서 자아는 시인 자신이고 세계는 <너>로 호칭되었다. 그런데 너라는 대상은 이미 이 세상 사람이 아니라는 것을 '너 떠나고 없는 날', '꽃 진 그 자리', '보랏빛 얼굴 감추고', '영구차에 실어가서', '너 어디서 나를 찾나', '기다리는 영가등'이란 어절에서 감지할 수 있다. 또 그 임의 죽음에 대하여 슬퍼하고 있다는 것은 '속울음을 우는 거리', '불길 속 타지 않는 한', '시린 가슴 적셔주며' 등의 표현에서 감지할 수 있다. 하여간에 이 작품에서의 <연등>은 그냥 4월 초파일 날 석가 탄신을 기리기 위해서 밝힌 연등이 아니고, 화자가 애타게 그리워하는 죽은 이의 넋이 환생한 것으로 재창조되었다는 데에 큰 의미가 있다고 본다.

(4) 자연적 소재들의 형상화

먼 허공을 가르며 석기 시대를 건너온다
어디로 곤두박힐 한 순간을 향하여

온몸을 던져 부서지는 잎새 끝 물방울

<비> 전문

　　시의 소재는 크게 자연과 인간으로 나누어 볼 수 있다. 이것을 하나로 통합하면 인간도 자연의 일부이니까 자연 하나로 귀결시킬 수 있다. 우리 인간들은 자고 나면 일상적으로 하는 일들이 있다. 그리고 일상적으로 대수롭지 않게 늘 대하는 자연물이 있다. 행복을 반드시 먼 곳에서 찾을 필요가 없듯이 시의 소재 또한 멀거나 기이한 데서 찾을 필요는 없는 것이다. 우리가 너무 자주 대수롭지 않게 대하는 '비'를 통해서 노인숙 시인은 역사, 진리 같은 것을 그려내고 있는 것이다.

　　초장에서는 비가 먼 허공을 가르며 석기시대를 건너온다고 했다. 비가 먼 허공을 가르면서 온다는 이야기는 누구나 감지할 수 있지만, 석기시대를 건너서 온다는 이야기는 상상을 하기 어렵다. 그러나 비는 석기시대 이전부터 내리기 시작했고 현재도 내리고 있으니까 석기시대를 건너온다는 이야기는 얼마든지 가능한 것이다. 이 초장의 전구는 공간을 초월한다는 이야기고, 후구는 시간을 초월한다는 이야기다. 이 15자 안팎의 초장 속에 이처럼 시공을 초월한 내용을 담을 수 있다는 것이 시조 형식의 묘미요, 시적 상상력의 성과물이다.

　　중장에서는 어디로 곤두박힐 한 순간을 향한다고 했는데, 이것은 하늘에서 쏟아지는 빗줄기를 형상화한 말이다. 그러나 여기서 '곤두박힌다'는 말은 상승적 이미지보다는 하강적 이미지가 강하기 때문에 추락하는 모습을 연상할 수 있다. 자연

의 원리는 시발점이 있으면 종착점이 있듯이, 언젠가는 곤두박
질치면서 종말을 고할 수밖에 없는 것이다. 종장에서는 온몸을
던져 부서진다고 했는데, 이 구절에서는 인간들이 소기의 목적
을 달성하기 위하여 전력투구하는 모습을 연상할 수 있다. 하
여간에 이 작품의 중장과 종장에서는 어떤 상황이 한계점에
도달했을 때 즉 절정 상태가 어떤 것인가를 실감케 해준다.

> 이제 중력에 이끌려 땅으로 돌아간다
> 바람의 시위를 받으며 눈부신 낙하의 순간
> 가지 끝 매어 달렸던 시간의 무게 털어낸다

<낙엽>전문

앞에서 논의한 '비'나 이 작품의 '낙엽'이나 모두 자연 원리
에 의하여 나타나는 현상이다. 이 두 가지는 자연이라고 하지
만 특별히 거창해 보이지도 않고, 어쩌면 우리 주변에서 흔하
게 접할 수 있는 보잘 것 없는 것들이라 할 수도 있다. 이처럼
많은 사람들이 그냥 지나치기 쉬운 자연물을 대상으로 노인숙
은 대상을 새롭게 해석하고 특이한 의미를 부여하면서 시적
성과를 거두었다. 낙엽은 아무 의미 없이 그냥 땅으로 떨어지
는 것이 아니고 중력에 이끌려서 땅으로 돌아가는 것이라고
했다. 인간도 흙에서 와서 흙으로 돌아간다는 이야기를 하는
데, 바로 나뭇잎도 땅에서 왔다 땅으로 돌아간다는 이야기다.
평범한 이야기 같지만 자연의 원리, 인생의 진리를 함축시켜
놓은 것이다.

그리고 중력에 이끌려 떨어지는 것뿐 아니라 바람의 시위를 받으면서 눈부신 낙하를 한다고 했다. 그 낙엽 떨어지는 것을 눈부신 낙하라 본 것은 절묘한 표현이다. 이때 '눈부신'과 '낙하'는 상반되거나 이질적 의미를 함축한 말들인데, 이런 것들을 결합시킴으로써 표현 효과를 상승시키고 있는 것이다. 또한 낙엽 지는 것을 "가지 끝 매어 달렸던 시간의 무게 털어낸다"고 한 것은 세계에 대한 색다른 해석이고 특수한 의미를 부여한 것이다. 이처럼 3장 6구의 짧은 시조 형식 속에 새롭게 의미 부여한 내용을 현대시의 기법을 원용해서 작품을 형상화시킬 수 있다는 것은 노인숙 시인이 알게 모르게 피땀 나는 시적 수련을 쌓은 결과라고 생각한다.

(5) 맺는 말

이제까지 노인숙 시인의 첫 시집의 내용을 읽고 나름대로 해설과 감상을 하였다. 필자로서는 최선을 다했지만 그의 작품 세계를 꿰뚫어 보기는 어려웠다고 생각한다. 다만 논의의 편의를 위해서 ① 뛰어난 상상력의 세계 ② 체험의 시학 ③ 불교적 소재들의 형상화 ④ 자연적 소재들의 형상화 등으로 나누어 살펴보았다.

①에서는 비유법을 개성적으로 원용한다는 사실을 알 수 있었고, 이러한 비유법의 구사는 상상의 세계가 넓고 크다는 것을 의미하는 것으로 해석하였다. ②에서는 간접 체험이든 직접

체험이든 자연과 인생에 대한 폭넓은 체험이 밑받침되었고, 그러한 체험을 바탕으로 유추해서 상상의 세계를 넓혀나간 것으로 보았다. ③에서는 그의 작품 세계에 불교적 소재들을 원용했거나 불교적 인생관을 표출한 곳이 많다는 것을 감지할 수 있었다. 이런 작품들에 대하여는 불교적 소재나 불교적 진리에 대한 시인의 이해가 크게 밑받침되었다고 생각했다. ④에서는 일반인들이 간과하기 쉬운 자연적 소재들을 나름대로 재해석하고 새로운 의미를 부여해서 독특한 기법으로 형상화했다는 것을 알 수 있었다. 시조라는 짧은 시형 속에 광대한 시상을 압축시켜 자연스럽게 갈무리하는 수법은 그의 장점이요 부단한 시적 수련의 결과라고 생각했다. 이러한 결과물을 얻었지만 그의 모든 작품들을 논의의 대상으로 삼지 못한 점이 아쉬움으로 남는다. 하여간에 그의 작품세계는 상상력, 표현력, 구성력, 긴장감 등에서 뛰어난 모습을 보여주었다. 그러면서도 내면에 면면히 흐르는 의식은 한국인의 전통적 정서인 '한'이라는 것을 이 자리를 빌어 밝혀두는 바이다. 한국 시조단의 발전을 위하여 더 정진해 줄 것을 부탁드리면서 이만 무사를 마친다.(11.25)

감상

제1부

귀뚜라미

섬돌 밑 작은 몸에 복잡한 갈색 얼룩
앞다리 바깥문에 두 귀 열고 듣는 노래
부르는 가을 신호음 그늘진 어둠을 운다

참았던 울음 울려 한 시대를 기다렸나
날개맥 빈 관에 진한 체액 흘려 보내
밤새워 울음 울려고 새 날개를 펼치노라

짧게 또는 길게 달빛 따라 가는 소리
가냘픈 더듬이로 삶의 향방 찾아 보다
파아란 깊이에 서서 천명을 울리고 있다

이동훈(한국교원대학교 국어교육과 01)

이 시조를 읽으면 머리 속에 영화를 보는 것처럼 가을이 펼
쳐지는 것 같다. 기나긴 가을밤에 반짝이는 달빛을 받으며 처
마 밑에서 애절하게 우는 귀뚜라미. 이 시조는 그 분위기를
잘 살리고 있는 것 같다. 문득 어렸을 적에 옛날 할머니 댁에서
귀뚜라미 잡으러 다니던 것이 생각난다. 그 땐 정말 철이 없었
던 것 같다. 지금 시를 읽어보니 귀뚜라미가 그냥 미물이 아닌

것처럼 느껴지고, 고아한 선비 같다는 생각이 들었다.

이 시에는 각 연마다 창의적인 표현이 있는데, 이것은 아마도 시조를 많이 써 본 사람만이 가질 수 있는 능력인 것 같다. 그 중 가장 멋있게 표현된 부분이 3연인데, '가냘픈 더듬이로 삶의 방향 찾아 보다'라는 표현은 귀뚜라미의 생김새를 잘 표현했다. 이 부분은 정말 극찬을 해도 될 것 같다. '파아란 깊이'라는 공감각적 심상을 사용한 것도 이 시조를 한층 더 매력있게 해주는 것 같다. 전체적으로 보았을 때에도 조직적으로 잘 짜여진 시이다. 다른 사람에게도 추천해 주고 싶은 좋은 작품이라고 생각한다.

여지영(한국교원대학교 국어교육과 01)

가을이라 귀뚜라미가 여기저기서서 보인다. 기숙사 방 안에도 귀뚜라미 한 마리가 들어와서 나를 놀래킨 적이 있었다. 요놈의 귀뚜라미는 겁도 없는지, 사람이 다가가도 멀뚱멀뚱 바라보며 피할 생각을 않는다. 빗자루라도 휘둘러 잡을라 치면, 그제야 폴짝 폴짝 뛰며 재주 좋게 피하는 것이다. 방안에 그대로 놔둘 수도 없고, 쫓아내자니 성가신, 정말로 약이 오르게 만드는 녀석이다.

벌레나 곤충 종류를 지독하게 싫어하는 성격인지라 귀뚜라미를 차분히 관찰해 볼 여유 따윈 없었다. 눈에 보이면 그저 빗자루와 쓰레받기를 가지고 달려들었다. 화장지를 가지고 잡

기엔 너무 징그러워서.

그래서 내 머릿속에 박힌 귀뚜라미의 이미지는 성가신 것, 징그러운 것, 두 번 다시 보고싶지 않은 것 등이다. 귀뚜라미를 가지고 시를 쓰라고 하면 아마도 혐오의 감정이 물씬 풍기는 시가 나왔을 것이다. 난 한 번도 귀뚜라미를 이렇게 아름답게 생각해본 적이 없으니까.

고정관념을 뒤집는다는 건 확실히 신선한 충격이다. 그렇게도 싫어하던 귀뚜라미를 그려낸 시조인데, 너무나 아름답게 느껴지면서 자꾸만 다시 읽고 싶으니 말이다. 처음 읽을 때보다 두 번째에, 두 번 읽을 때보다 세 번째에 더 맛이 느껴진다. 읽으면 읽을수록 또 읽고 싶어지는 글이 이런 것인가.

귀뚜라미가 이렇게 우아한 존재였던가. 그 작은 몸집 속에 세월의 무게와 깊이가 숨어 있었던가. 쓸쓸하고 고독한 가을의 분위기가 가슴이 아릴 정도로 밀려든다.

뭐라고 표현해야 할까. 글자에서 빛이 난다고 해야 할까. 서늘한 가을 바람과 함께 묵은 시간의 흔적이 잡힐 듯 보인다. 분명 자음과 모음으로 이루어진 글자인데, 읽는 순간 한 폭의 그림이 되어 눈앞에 펼쳐진다. 글자에서 반짝반짝 빛이 나며 읽는 이를 흡수하는 마력을 발휘하는 것 같다.

더 이상은 아무런 느낌도 나지 않는다. 어떤 것도 읽어낼 수가 없다. 시인이 무엇을 말하고자 했는지, 어떤 것을 표현하려 했는지는 이제 관심 밖이다. 그저 시조를 읽는 순간 느끼던 일체감, 그것을 한 순간이라도 더 붙잡고 싶다. 순간적으로 머릿속에 펼쳐지던 영상, 달빛 속에서 조용히 날개를 펼치고 우는 귀뚜라미의 모습. 조용한 적막을 깨치고 울려 나오는 울음. 무한한 세월의 무게를 담고 있는 듯 구슬픈 울음. 삶의 의미를 찾지 못해 더 애달픈 울음. 나마저도 그 고요한 달빛 아래 젖어 버릴 것 같다.

제2부

한글날

중생의 어리석음 어여삐 여기시어
바른 소리 적어내는 스물 여덟 글자 속에
천지인 삼재를 담아 음양오행 밝히셨네

한 소리 또 한 소리 우주를 퍼 올리어
삼라에 두루 펴는 홀소리 닿소리로
마음 끝 따라가 보면 일심(一心)에 닿았어라

한민아(한국교원대학교 국어교육과 01)

말은 우리 마음의 거울입니다. 아름답고 고운 우리말을 살려 쓰는 것은 우리 삶을 그만큼 아름답고 곱게 만드는 것이며, 풍요 롭게 하는 것입니다.[3]

TV나 잡지, 또는 신문에서 위와 같은 공익광고(?)들을 종종

볼 수 있다. 더불어 잘못 쓰이고 있는 우리말을 바로 잡은 예시들 한 두 가지도 함께. 국어과에 다니고 있다는 의무감(?)에 나도 종종 그 예시들을 눈여겨보곤 하지만 금새 지겹단 생각이 들어 덮어버리고 만다. 아니 오히려 그 옆에, 더 주목받을 수 있게끔 그림도 함께 그려져 나와 있는 '영어회화', 라디오 토익의 명강사 임귀열과 함께 하는 '현지영어'는 입으로 웅얼웅얼 따라해 보면서 읽어보고 스크랩까지 해두곤 한다. 한글날이 언제냐고 누군가 물어보았을 때 고개를 갸우뚱하면서 10월 1일이었나 아님 10월 9일이었나를 생각해보곤 달력을 찾아본다. 까만 숫자의 '9'와 조그만 글씨로 한글날이라고 쓰여져 있는 것을 본다. 늘 그렇게 때가 되면 확인만 하고 다음 해 10월 즈음이 되면 또다시 헷갈려할 테지. 학교개교기념일은 언제인지 입학하기 전부터 알고 있으면서.

조금 크다 싶은 거리에 나가보면 모든 상점의 간판은 온통 외국어 - 외국어래 봤자 다양한 게 아니다. 세계인의 공용어, 이거만 잘하면 어딜 가도 성공한다. ENGLISH!! - 로 되어 있다. NIKE, Bean Pole, SUBI, JOIN US, PRO SPECS, EDWIN, LUCAS, VIVIAN, TRY......[4]

패션잡지를 보면 이 책이 과연 한국사람들이 보는, 한국어로

---

3) 월간 샘터 2001. 12. 통권 382호, 113쪽
4) 외국에서 들어온 상표는 그렇다치더라도 우리나라에서 생산된 상표까지 영어로 되어 있었다니 에휴~ 한숨이 난다. 원조교제 혐의로 구속되었다 다시 풀려나온 주병진씨의 속옷전문회사도 이름이 "좋은 사람들"인데...

쓰여진 책이 맞는지를 더욱 의심하게 된다. #럭셔리함과 엘레 강스함을 돋보여주는 여성용 수트 블루 블랙 레드컬러-xxx원, 그린 니트 가디건 세트에 블루진 - 큐트한 느낌을 준다.#

한글날이란 제목의 노인숙님의 시조는 세종대왕께서 집현 전 학자들과 더불어 한글을 만들던 당시의 의도와 한글 속에 담아낸 우주삼라만상의 원리, 그리고 그것을 만들 당시의 심정 들이 절절히 묻어나 있는 듯하다. 한글을 만들 당시에 집현전 학자 최만리가 앞장서서 무섭게 반대하는 상소를 올리기도 하 였다는데 세종대왕은 이를 더 크게 꾸짖었다고도 한다. 왕이 선조 때부터 써오던 한자말을 몰랐을 리도 없었을 텐데 어리석 은 백성들을 위해 말을 글로써도 쉽게 쓸 수 있도록 힘겨운 연구 끝에 '훈민정음'을 세상에 내어놓았다니 왕의 그 넓으신 은덕과 사랑에 고개가 절로 숙여질 뿐이다. 그리고 한글은 그 냥 만들어진 것이 아니라 그 과학적 원리와 뛰어난 유용성을 가지고 있으니 이를 집현전 대제학 정인지는 다음과 같이 말했 다고 한다.

"스물 여덟 글자로 전환이 무궁하다. 간단하고도 요긴하며, 정밀하면서도 통달하기 때문에 슬기로운 사람은 하루아침에 깨 우치고 어리석은 사람이라도 열흘이면 배울 수 있다. 이것으로 한문을 풀이하면 그 뜻을 알 수 있고, 이것으로 송사를 들으면 그 사정을 알 수 있다. 글자와 소리는 맑고 흐림이 가려지고, 노래를 만들면 가락이 고르게 되어, 쓰려고 하는데 갖추어지지 않은 것이 없고, 가려고 하는 데 닿지 않은 곳이 없다. 바람소리나 두루미 울음소리, 닭 우는 소리나 개 짖는 소리라도 모두 적을 수 있다."[5]

정말 우리는 우리의 입으로 내는 소리를 모두 한글로 옮겨 적을 수 있다. 뿐만 아니라 우리의 감정을 담아내는 문학작품 혹은 언어생활에서 한글 홀소리 닿소리가 역할하는 바는 더욱 두드러지게 나타난다.[6]

'ㄹ'은 액체성의 자음이다. '흐르다'와 '따르다'에도 이미 이 'ㄹ'이 있다. 그것은 흐른다. 술이 철철 흐르고 물이 졸졸 흐르듯. 프랑스의 철학자 바슐라르에 따르면 아침의 물 속에서는 모든 것이 새롭다. 파르르 떨리는 물의 생명만이 모든 꽃을 새롭게 만든다. 은밀한 물의 가벼운 한 가닥 떨림도 꽃의 아름다움이 터지는 도화선이 될 수 있다.

고려속요「청산별곡」은 'ㄹ'을 타고 흐른다. "살어리 살어리랏다/청산에 살어리랏다/멀위랑 다래랑 먹고/청산에 살어리랏다/얄리얄리 얄라셩 얄라리 얄라" 그야말로 'ㄹ'의 향연이라고 할 만하다. 유랑민의 이 서글픈 노래는 'ㄹ'소리로 가멸차다. 소리가 의미를 압도한다.「청산별곡」은 흐르고 흐른다.[7]

---

5) 전국국어교사모임, 고등학생을 위한 우리말 우리글 : 도서출판 나라말, 2002
6) 시조에 대한 감상이 한글에 대한 찬양으로 바뀌는 것을 나도 어찌할 수가 없다. 이토록 우리말 한글이 위대하니 어찌 감상만을 할 수가 있겠는가. 찬양에 아니 찬송을 해야 함이 마땅하지 않으리오!
7) 고종석,『언문세설』에서

'ㅏ'는 한글의 첫째홀소리 글자이다. 이 글자의 이름은 '아'이다. 한국어의 모음은 'ㅏ'로 시작해서 'ㅣ'로 끝난다. 'ㅏ'가 원만함, 두루뭉술함의 상징이라면, 'ㅣ'는 뾰족함, 모남의 상징이다. '깔깔'이 원만한 웃음이라면, '낄낄'은 뾰족한 웃음이다. '카카'이 두루뭉술하다면 '키키'은 뾰족하고 모났다.

한글날이란 시조에 대한 감상을 위해서 한글과 관련된 글들을 찾아 읽다보니 어느 새 마음 속 한켠에 우리말 우리 글을 쓰는 한국민으로서 한글이 새삼 소중하게 느껴진다. 한글날은 국경일이 아니라고 언제인지도 모르는 우민한 사람들-나를 포함해서-에게 한글이 얼마나 소중한지를 생활 속에서 조금씩 알리고 바르고 고운 우리말을 쓸 수 있도록 우리말글살이에도 주의를 기울여야 되겠다. 아니, 그 이전에, 한글은 소중하다! 잘 말하고 잘 쓰자! 라는 공익광고를 하기 전에 노인숙님의 이 시조를 한번 읽어줌이 더 좋을지도 모르겠다. 마음 속에서 온 백성의 스승이었던 세종대왕에 대한 존경심과 세상의 이치가 고루 밝히어져 있는 한글에 대한 사랑이 절로절로 일어날 수 있도록!

박상우(한국교원대학교 국어교육과 01)

유네스코에서는 향후 100년 내외로 사라질 문자를 연구·조사·보고 하였는데, 보고된 문자 중에는 충격적으로 우리 한글이 포함되어 있다. 가히 충격적인 사실 아닌가? 한글날이라는 시조는 이러한 우려를 신문에서 접한 지 얼마 되지 않아서 읽게 되었다. 고로 더욱 마음에 와 닿았다. 이 짧은 시조 안에는 한글의 창제 원리, 창제 이유 등이 아주 잘 함축되어 있다. 또한 2연의 '한 소리 또 한 소리 우주를 퍼 올리어 / 삼라에 두루 펴는 홀소리 닿소리로'에서는 한글이 단순히 고대부터 서서히 발달해 온 영어와 같은 문자가 아닌, 우주의 깊은 원리를 담고 '창제'한 우수한 문자란 것을 시사(示唆)한다. 한글날이 국민에게 잊혀지면 그것은 한글의 종말이라 생각해도 된다. 이 시조를 읽으니 '윗사람'들의 우매함에 실소(失笑)하게 된다. 한글날에 이런 시조를 창작, 발표하는 시간을 가지는 것도 좋겠다고 생각하며, 영어 공용화, 이딴 소리는 제발 집어치우고 우리 조상의 얼이 스며있는 우리 말, 우수한 문자인 한글을 계승, 발전시켜야 하겠다.

권효정(한국교원대학교 국어교육과 01)

지난 10월 9일은 한글날이었다. 하지만 그 날은 다른 기념일처럼 사람들의 관심을 끌지는 못했던 것 같다.

전공이 국어인지라, 한글날에 대한 관심이 많은 사람들이 주위에 있고 나 또한 한글날에 대한 느낌이 남다르다 보니, 자연 그 날에 대한 의미를 생각해 보게 되었다.

한글은 그것이 쓰여지는 우리나라에서 보다 다른 나라에서 더 대우해 주는 우리의 소중한 문화유산이라고 한다. 언어를 공부한 학자라면, 누구나 한글의 체계성과 과학성 그리고 그 우수성에 놀라게 된다고 한다. 이 시에도 언급된 것처럼 스물여덟의 글자만으로 모든 것을 표현하고 밝혀낼 수 있다는 것으로 다시 한번 한글의 위대성을 깨닫게 된다.

하지만 정작 그 우수성에 자부심을 느껴야 할 우리는 지금까지 외래 문화의 무분별한 도입과, 다른 나라의 것은 우월하게 여기면서 우리 나라의 것은 열등하게 느끼는 잘못된 문화사대주의로 인해서 우리의 말과 글에 무관심했다. 거리에 나가서 건물의 간판을 살펴보면, 이러한 사실을 금방 느낄 수 있다. 도대체 어느 나라말인지 알지도 못하는 단어들이 즐비하게 늘어서 있는 모습을 지켜보면서, 만약 일제 시대 때 우리의 말과 글을 빼앗기지 않기 위하여 목숨 걸고 싸우신 조상님들이 이 모습을 보신다면, 과연 뭐라고 하실지 아마도 피를 토하며 분노할 일이 벌어지고 있는 것이 아닌지 하는 생각이 들었다. 이 시를 읽고 우리 모두 이러한 현상을 비판하고 반성할 수 있어야겠다. 그리고 이제부터라도 우리의 말과 글을 소중하게 생각하고 그 우수성에 자부심을 느끼도록 해야겠다.

또 한가지, 시를 보면 알 수 있듯이(역사적인 사실로도 잘 알고 있듯이) 세종대왕께서 한글을 지으신 이유가 중생의 어리석음을 불쌍히 여기셨기 때문이었다고 한다. 우리 조상 중에 백성을 이렇게 사랑하는 왕이 있었다는 사실이 자랑스럽다. 또 오늘날의 정치인 중에서 과연 이런 마음가짐을 가진 사람이 있을까? 하는 생각에 씁쓸한 웃음이 나왔다.

제 **3**부

풍경

이상한 부호로 둘러싸인 거리에서
새벽부터 밤중까지 길을 잃고 헤매는 사람들
햇빛도 물도 바람도 비켜서 가는 검은 도시

조수미(한국교원대학교 국어교육과 01)

나는 어렸을 때부터 시골에서 자라왔다. 마당이 있는 시골
집에 주위엔 산과 논밭으로 온통 푸르른 곳에서 태어나 자란
것이다. 그래서 그런지 나에게 있어 도시의 모습은 다른 이가
생각하는 것보다 더욱 더 부정적인 이미지로 자리한다. 산을
가로막는 고층빌딩이나 흙을 찾아볼 수 없는 보도블록 길은
영 부자연스러운 것이 아닐 수 없다. 물론 흔히들 말하는 도시
의 낭만을 모르는 바는 아니지만 고향집을 생각하고 도시를
생각하였을 때 그 부자연스러움이란 이루 말할 수 없는 것이
다. 도시에 대한 나의 이런 생각들은 당연히 나의 생각일 뿐이
다. 그러나 자연에서 자라지 않은 사람, 즉 도시에서 자란 사람
들도 그 속에서 느끼는 왠지 모를 정신적인 결핍에는 모두 동
의 할 것이다. 도시에서 느끼는 환경 오염, 그리고 정신적인
고독과 결핍에 대해서 부정할 이가 별로 없음에서도 알 수 있

듯이 도시에 대해 느끼는 많은 이들의 감정은 비슷하다. 그래서 그런지 글에서나 그림, 노래에 있어서도 쓸쓸하고 어두운 도시를 다룬 것들이 아주 많이 있다. 노래한다고 해서, 글로 쓴다고 해서 결핍과 오염이 사라지지는 않으나 어디까지나 인간의 모습을 그리고 싶어하는 것이 예술가이므로.

처음 이 시조를 보았을 때 가장 먼저 눈에 띄인 것은 당연히 풍경이라는 제목이었다. 풍경. 우리는 흔히 '풍경' 하면 왠지 전원적인 이미지를 떠올리게 된다. 산과 물이 있고 평화로운 분위기에 새가 날아 다니는 아름다운 모습을 말이다. 그래서 나 또한 얼핏 그러한 글인가 싶어 읽어 보았지만 노인숙 선생님의 시조 <풍경>에서는 어두운 도시의 모습만이 우뚝 솟아 있다. '풍경'이라는 제목은 어찌보면 식상하기까지 한 제목이지만 내용만은 그렇지 않았다. 군이 말하자면 도시를 노래한다는 것 자체도 여기저기서 주로 쓰이는 식상한 소재이다. 하지만 그 식상한 소재를 노래하고 있는 이 시조의 표현력만은 탁월했던 것이다. 전형적으로 단 세 줄만을 적은 시조이지만 다른 그 어떤 글보다도 어둡고 차가운 도시의 모습을 가장 잘 나타내고 있다고 생각한다. 시조 한 줄 한 줄마다 도시가 갖고 있는 쓸쓸함과 어두움을 가장 짧으면서도 함축적으로 표현하고 있다고나 할까. 노인숙 선생님의 글에서는 본질을 뛰어난 표현으로 감싸서 나타내는 능력이 돋보인다. 전체적인 시조의 감상을 쓰는 것보다 시조의 초장, 중장, 종장을 각각 나누어 이야기하는 것이 더욱 세세하여 말하기 쉬울 것 같아 그렇게 해보기로 한다.

이상한 부호로 둘러싸인 거리에서 - 시인은 도시의 거리를 이렇게 표현하고 있다. 이상한 부호로 둘러싸인 거리. 네온사인이 반짝인다거나 차가운 마네킹이 들어선 쇼윈도가 즐비하다는 표현보다도 더더욱 도시에 대한 괴리감이 느껴지게 하는 표현, 이상한 부호. 이 표현을 사용한 시인에게 박수를 보내고 싶다. 그 한마디만으로도 시인은 우리에게 도시가 얼마나 부자연스럽고 기이한 곳인지 말해주고 있다. 온통 자본의 노예가 되어버린 얼굴을 하고선 서로 더욱 잘 보이도록 높고 크게 지어진 상가와 상표, 그리고 밤이면 요란하게 울려대는 노래 소리, 별빛도 삼켜버리는 네온 불빛, 이 모든 것이 현대를 살아가고는 있지만 인간으로서의 존엄성을 잃어버린 우리네 삶 속에서는 이상한 부호로 숨쉬고 있는 것이다. 자본의 원리에 길들여지지 않고 자연의 본성을 지닌 사람이라면 이해할 수 없었을 이상한 부호들이 온 거리를 뒤덮고 있다.

새벽부터 밤중까지 길을 잃고 헤매는 사람들 - 도시는 거대하다. 그 안에서 무수히 많은 사람들이 일을 하고 사랑을 만들고 행복을 찾고 싶어한다. 그러나 도시는 갈수록 사람과 사람 사이의 관계를 이어주기는커녕 점점 사람 하나 하나를 혼자인 채로 방황하게 만든다. 거대한 그 곳, 그 거리에서 수많은 사람들이 옷깃을 스치며 걸어가지만 그 누구도 서로에게 웃어주지 않고, 갈수록 경쟁 의식을 조장하는 체제 속에서 친구는 더 이상 친구가 아닌 것이 된다. 우리의 의식은 사랑을 넘어서 생존의 문제로만 치닫게 되고 진정한 목적 없이 돈을 위해 뛰는 가련한 존재가 된 것이다. 그들은 분명 걷고 있지만, 뚜렷한

목표를 위해 뛰고 있다고 믿을 지도 모르지만 그들은 모두 길을 잃고 헤매고 있다. 인간의 정신과 영혼을 넘어선 물질이 세상의 진리라고 생각하는 도시 안의 사람들은 사실은 그것이 아닌 줄 알면서도 철저하게 몸부림 치는 외로운 존재인 것이다. 하지만 아무리 헤매도 도시는 그들의 의미를 찾아 줄 수가 없다.

햇빛도 물도 바람도 비켜서 가는 검은 도시 - 마지막 한 구절. 이 구절이 이 시조에서 가장 슬픈 구절이라고 생각한다. 이상한 부호로 낯설게 다가와 더욱더 괴리감을 안겨주는 초장보다도, 존재의 의미를 찾지 못한 채 헤매는 무리에서 느껴지는 고독감을 나타낸 중장보다도, 햇빛도 물도 바람도 비켜서 간다는 이 마지막 종장의 표현이 가장 가슴 아프게 다가온다. 마지막 종장은 결국 인간들의 도시가 자연에게조차 버림받았다는 사실을 말해주고 있기 때문이다. 물론 사람, 즉 도시가 자연을 버렸다고 생각할 지도 모를 일이나 '비켜서' 간다는 표현은 자연이 도시를 외면하고 있음을 나타내는 것이다. 도시가 자연을 버렸다고 생각하는 것보다 자연마저도 도시를 외면했다는 발상은 그 얼마나 가슴 아픈가. 이제 더 이상 구원 받을 수 없을 것 같은 이 마지막 장의 비애감은 이루 말할 수가 없다.

시조 <풍경>을 지배하고 있는 우울한 기운, 차갑게 솟아있는 도시를 슬프게 바라보고 있는 시인의 눈. 우리는 그 속에서 길을 찾아야 한다. - 언제까지 도시의 아픔을 노래하기만 할 것인가. - 비록 대책이 있는 것은 아니나 이러한 자각을 심어주는 좋은 글들이 언제나 우리 곁에서 떠나지 말아야 한다.

여지영(한국교원대학교 국어교육과 01)

도시의 풍경이 섬뜩할 정도로 느껴진다. 평소에 익숙하게 보아 왔던 청주 시내의 풍경이 갑자기 낯설게 느껴진다.

이상한 부호... 정말 이상한 부호다. 왜 빨갛고 파랗고 노란 불빛이 인간의 움직임을 통제하는 걸까? 도로마다 놓여 있는 파란 표지판들... 그것들이 그 자리에 놓여 있어야 할 당위성은 어디에도 없다. 그런데도 예쁘지도 않은 이상한 부호들이 거리를 둘러싸고 있다. 그리고 우리는 그것을 당연한 듯이 받아들인다.

그리고 그 거리를 헤매는 사람들... 도시의 중심가에는 한밤중에조차도 사람의 발걸음이 끊이지 않는다. 표정 없는 사람들이 기계적으로 걸어다닌다. 어찌 보면 길을 잃고 헤매는 것도 같다. 을씨년스러운 상자 곽에서 쏟아져 나와 다시 상자 속으로 들어가는 사람들... 그들은 삶에 무슨 의미를 지니고 있는 것일까. 무표정으로 거리거리를 돌아다니는 사람들의 모습은 목적 없이 방황하는 것처럼 보이기도 한다.

'햇빛도 물도 바람도 비켜서 가는 검은 도시'라는 구절에서는 내가 처음 청주에 왔을 때가 생각났다.

비교적 시골 냄새가 많이 나는 조치원에서 어린 시절을 보내고, 처음 청주로 이사왔을 때, 청주 시내의 모습은 그야말로 충격이었다. 새까만 안개가 온 시내를 뒤덮고 있고, 사람들은 그 안개 속을 아무렇지 않게 지나다니고 있었다. 조치원에서는 하늘에 쏟아질 듯이 많은 별들을 늘 보고 자랐는데, 청주에

오니 하늘에 아무 것도 보이지 않았다. 달마저도 희끄무레한 빛만 비치고 있었다. 시내에 한 번 나갔다 오면 흰옷에는 검은 얼룩이 져 있었고, 호흡이 곤란해지고 코가 막혔다. 그리고 코를 풀어내면 노란 코가 아니라 까만 코가 나왔다.

시골 소녀였던 나에게 도시의 오염은 견딜 수 없는 충격이고 고통이었다. 온 시내를 뒤덮고 있는 까만 안개를 눈으로 뻔히 보면서, 그 속을 걸어다녀야 한다는 것이 너무나 싫었다. 호흡 곤란으로 고통스러우면서도 그 안개 속으로 내 발로 걸어 들어가야 하는 사실을 견딜 수 없었다. 밤하늘에 가득한 별을 보며 자란 내가 겨우 한두 개 보이는 별로 만족할 수 없었다. 청주 시내를 비추는 불빛이라고는 네온사인의 차가운 빛뿐이었다. 달과 별들이 반짝이며 투명한 빛을 뿜던 조치원과는 무척이나 대조적이었다. 바람은 탁하고 뜨겁게 느껴졌고 무심천의 물은 심하게 오염되어 냄새도 났다. 오염된 공기 때문에 목이 아팠고, 내 목소리가 아닌 듯 쉬고 갈라지는 목소리에 마음도 아팠다. 어린 날 내 머릿속에서 청주의 이미지는 그야말로 '검은 도시'였다.

청주에서 6년을 넘게 산 지금은 그런 청주의 모습에 익숙해졌다. 밤마다 보이는 희끄무레한 검은 안개도 더 이상 공포로 느껴지지 않고, 하늘 가득한 별을 보고 싶다는 그리움도 거의 사라졌다. 언제부턴가 매연에도 익숙해져서 더 이상 기침이 나오거나 하지 않았다. 어느새 나도 도시의 새카맣고 삭막한 모습에 익숙해진 것 같다.

그러나 이 시조를 읽으면서, 잊어버렸던 기억이 다시 떠올랐다. 그리우면서도, 약간 씁쓸함도 느낀다. 내가 어느새 낭만과 감성을 잃어버렸구나. 소중한 기억들을 묻어 두고 살아왔구나....

산 실

한밤중 자궁을 벌리고 새 생명을 탄생시키는
까마득한 어둠의 깊이로부터 길어 올리는 비명
그대여 신이 아니라도 고운 피로 씻기는 거룩함이여

권효정(한국교원대학교 국어교육과 01)

몇 년 전, 나에게 첫 조카가 생겼을 때 느꼈던 그 생명 탄생에 대한 기쁨과 신성함이란 이루 말로 표현할 수 없는 것이었음을 기억한다. 나에게 있어, 한 인간이 태어나는 순간을 직접 경험했던 것이 처음이었기에 더욱 설레고 신비스러웠다.

그 이후 나는, 생명 탄생이야말로 인류를 지속하게 해주는 원동력이며 이것이야말로 세상에서 가장 소중하고 아름다운 일임을 확신하게 되었다. 또한 그 역할을 여성이 한다는 것과 나 자신 또한 여성이라는 것에 대해서 강한 자랑스러움을 느끼게 되었다.

여성의 이러한 생명 탄생의 능력이 없었더라면, 지금쯤 인류에는 그 어떤 인간도 생존해 있지 못했으리라. 물론 남자도 생명 탄생에 관여하기는 하지만, 생명을 직접 몸에 품고 낳을 수 있는 능력이 있다는 것은 그것 자체로 위대한 것이다. 또한 그것은 그 누구도 모방할 수 없는 신비로운 것이며 자연의 순리를 그대로 따르고 있다.

언젠가 이런 말을 들은 기억이 난다. 남성적인 이미지는 자연을 극복하고 개척해 나가는 데에 있다면, 여성적인 이미지는 자연에 순응하고 자연과 더불어 조화를 추구해 나가는데 있다고 한다. 물론 이 말이 전적으로 맞는 말이라고는 할 수 없겠지만, 어느 정도의 타당성은 있다고 생각되었다. 아마도 여성이 자연과의 조화를 추구한다는 의미란, 바로 생명을 탄생시켜야 한다는 그 역할과도 상통하는 것이라 생각한다.

이 시를 읽고, 자연과 어머니가 떠올랐다. 비단 나의 어머니만이 아니라 이 시대를 존재케 한 무수한 어머니들, 그들의 숭고한 희생 정신에 고개가 절로 숙여졌다.

어머니야말로 이 세상에서 가장 위대한 예술가가 아닌가 하는 생각이 들었다.

지금껏 교과서적인 시 감상에 찌들어 있던 나에게 이번 기회는 내 나름대로의 시를 느낄 수 있는 시간이었다. 물론 내 스스로 시를 느낀다는 것이 말처럼 쉽지 않았다. 처음에는 시를 읽기만 하면 감정이 술술술 풀릴 줄 알았는데, '시'라는 것이 워낙 어려운 장르인지라 처음 한번 읽고서 시인의 숨겨진 뜻을 찾아내기가 쉽지 않아 답답하기만 했다.

언젠가, 시를 제대로 느끼려면 그 시를 외워야 한다는 말을 들은 기억이 났다. 그래서 외우는 것만큼 많이 읽고 또 읽었더니, 뭔가 '아! 이런 말을 하려는 게 아닐까?'하는 생각이 들기도 했다. 물론 내가 했던 생각이 반드시 맞는다고는 할 수 없겠지만, 그래도 '아! 나도 노력하면 시를 느낄 수 있겠구나' 하는 자신감을 얻은 것이 소득이라면 소득이겠고, 보람이라면 보람이었다는 생각이 든다.

그 느낌을 바탕으로 내 나름의 해석과 생각을 적어나갔다. 그 과정에서 내가 아주 조금은 성숙한 눈을 가질 수 있었다는 데에 감사한 마음이 들었다.

워낙 여러 시인이 계셨고, 또 시인마다 생각하는 것도 다르기 때문에 다양한 시를 접할 수 있었다는 점이 좋았다.

시를 읽었더니, 신기하게도 내 삶이 풍요로워짐을 느낀다. 큰 변화는 아니겠지만, 사람을 이해하는 마음과 너그러움, 여유 같은 것들이 무엇인지 알게 된 듯도 하다. 또 한가지 시를 자주 접했더니 모든 것에 대해 사랑하는 마음이 생겼다.

시인이란 그런 존재인가 보다. 자신의 말로 다른 사람에게 이러한 변화를 가져다 줄 수 있는 능력이 있다는 것이 부럽도록 멋있었다.

제4부

작설차

미처 피워보지 못한
잎새의 연두빛 꿈
그릇 바탕에 우러나는

저물녘 빗소리

시간의 틈바구니로
젖어드는 푸른 향기

강서희(한국교원대학교 국어교육과 01)

혼하게 마시는 차에서 시상을 느껴 차맛을 특별하게 담아낸 작가의 통찰력이 엿보인다. 차의 은은하면서도 향긋한 내음이 시에서도 물씬 느껴진다. 햇빛이 가득 쏟아지는 다원의 정경, 여린 차잎이 다기에 담아지기까지, 또 화자가 차를 음미하는 장면까지 자연스레 시상이 옮겨진다.

이런 내용상의 자연스런 전개 말고도 이 시조의 또 다른 돋보이는 점은 여러 가지 심상을 담아냈다는 점이다. 1행에서 '연두빛 꿈'을 통해 시각적 이미지를 부각시키고 2행에서는 '빗소리'를 통해 청각적 이미지를 표현했으며 마지막 3행에서는 '푸른 향기'로 후각의 시각화를 시도하고 있다. 시각, 청각, 후각이 모두 고루 쓰였다 하겠다. 다양한 이미지는 시의 느낌을 더 다채롭고 풍부하게 하는데 일조한다.

시조에는 시와는 다르게 시조의 느낌 자체와 어울리는 또는 잘 맞는 소재가 있는 듯 하다. 아마도 오랜 세월 우리 민족의 감성을 담는 그릇이었기 때문일 듯 한데 차(茶) 역시도 시조와 잘 맞는 듯한 느낌이 든다. 차(茶)의 은은한 맛이 시조의 고아한 멋과 잘 어울리기 때문인 것 같다.

고주영(한국교원대학교 국어교육과 01)

얼마 전에 서울에 갔다가 인사동에 들러서 찻잔을 하나 샀다. 잎 차를 우려내어서 마실 수 있는 잔인데 요란한 그림 대신에 울퉁불퉁한 표면에 가느다란 줄무늬와 얼룩얼룩한 동그마한 점들이 몇 개 있는 소박한 잔이다. 한가한 아침나절에 창 밖의 단풍나무 사이를 비집고 들어오는 햇빛 속에서 우려먹는 차의 맛은 말로 표현할 수 없는 것이었다.

평소의 나는 거의 귀에게 쉴 틈을 주지 않는다. 한가한 날은 하루 종일 음악을 듣기도 하는데 이상하게 꼭 차를 마실 때에는 음악을 들어서는 안될 것 같은 생각이 들었다. 조용히 책상머리에 앉아서 차를 마시면 내가 그 차 잎의 기운을 다 빨아들이는 것 같은 기분이 든다고 할까? 진하게 느껴져 오는 그 내음이 입안에 가득 담기는 기분은 정말 좋은 것 같다.

그런데 작설차. 처음 이 시조를 읽었을 때는 몰랐는데 이제 막 터져 나오는 나무의 눈, 새싹으로 만든 차가 작설차라니 그 느낌이 더 와 닿는 이유는 뭘까? 시행이나 이 시조에 사용된 '연둣 빛' '푸른 향기' 들의 시어 때문만은 아닌 것 같다. 아마도 새싹은 만물이 약동하는 싱그러운 봄을 알리는 선두에 있는 전령사라고 할 수 있기 때문인 것 같다. 그걸 차로 우려내 마신다면 입 속에 봄이 다 들어있는 기분이 들어서일까...

그러고 보면 행복은 가장 가까운 데 있다는 말도 아주 틀린 말은 아닌 것 같다. 차 한잔에서 봄을 느낄 수 있다면 그 어떤 것에라도 그 만큼의 다른 의미를 부여할 수 있는 사람이니까.

행복하다고 말하는 동안에는 정말 행복해서 마음에 맑은 샘이 흐르고, 고맙다고 말하는 동안에는 고마운 마음이 또 새로이 솟아서 마음이 더 순해지고, 아름답다고 말하는 동안에는 잠시 아름다운 사람이 되어서 마음 한 자락이 환해지는 것. 그리고 그런 마음가짐이 자신을 키우는 것이라는 어느 시인의 말처럼 행복이 자기를 찾아와 주기를 기다리기 전에 마음을 여는 일이 중요할 것 같다.

사소한 것에서 행복을 얻으려면 일상의 작은 경험이라도 소중히 하고 그 속에서 의미를 찾는 습관이 필요할 것 같다는 생각이 든다. 하지만 솔직히 말해서 아직까지는 그런 습관에 익숙하지는 않은 것 같다. 그렇지만 지금까지 안다고 생각했던 단어의 뜻이 새롭게 다가올 때. 그러니까 "사소한 행복"이라는 말을 '작은 기쁨'이나 '일상적인 즐거움'으로만 여기다가 이 말이 정말 어떨 때를 가리키는 말인지를 알 때, 정말 아름다운 사람이 어떤 사람인가를 부딪혀가면서 알아갈 때 나는 살아있음을 느낀다.

현대시에 비해서 시조는 비교적 깔끔하고 단아한 느낌이 나는 듯 하다. 글자 수나 율격에 관한 형식이 있어서 그런 것 같다. 현대시는 현대시대로 자유로운 느낌이 좋고 시조는 시조대로 고풍스러운 기분이 느껴져서 좋다.

김지성(한국교원대학교 국어교육과 97)

우리나라에서는 익재 이제현의 <송광화상이 햇차를 보내준

은혜에 대하여 붓 가는 대로 적어 장하에게 부치다>에 '작설'
이란 단어가 보인다. '작설차'가 온전히 보이기는 태종 이방원
의 스승 원천석의 시에서다. 그 외 신숙주, 김시습, 서거정, 정
약용 등 수많은 문사들이 작설을 읊었다. 《조선왕조실록》에
는 궁궐에 바치는 지방의 공물토산품에 작설차로 기록되어 있
고, 《동의보감》에도 작설차라고 적혀 있다.

이 작품은 비 내리는 어느 날 저녁, 작설차를 우려내는 과정
에서 느낀 것을 쓴 시조라고 생각한다.
우선 초장을 보면 '미처/ 피워보지 못한/ 잎새의/ 연두빛 꿈'
이라고 했는데 그 의미는 무엇인가.
차는 그 잎을 따는 시기에 따라 우전(雨前), 세작(細作, 上雀),
중작(中雀, 보통차), 하작(下雀, 거친 차) 4가지로 나누게 된다.
우전(雨前)은 곡우(穀雨, 매년 4월 20일)전에 딴 찻잎으로 만든
것을 뜻하고, 세작(細作, 上雀)은 곡우~입하경에 딴 차로 잎이
다 펴지지 않은 창(槍)과 기(旗)만을 따서 만든 차다. 중작(中雀,
보통차)은 잎이 좀 더 자란 후 창(槍)과 기(旗)가 펴진 잎을 한두
장 함께 따서 만든 차로 일명 명차(銘茶)라고도 하며, 하작(下
雀, 거친 차)은 중작보다 더 굳은 잎을 딴 것으로 조차(粗茶)라
고도 한다. 작설차(雀舌茶)는 곡우와 입하 사이에 처음 나온
차나무의 새순을 따서 만든 것인데, 찻잎의 모양과 크기가 참
새의 혀를 닮아서 붙여진 이름이다. 『다록(茶綠)』에서 "차를
따는 철은 그 때가 귀중하다. 너무 이르면 맛이 온전치 못하고
늦으면 신령스러움이 흩어진다"라고 하였다. 차 중에서 최상

급에 속하는 작설차는 우전이나 세작을 이야기하는 것으로 찻잎을 따는 시기는 나뭇잎이 완전히 녹색이 되지 않고 연한 녹색(연두색)인 신록의 계절이다.

우리가 마시는 차는 완전히 자라지 않은 인간으로 치면 청년기의 나뭇잎인 셈이다. 그렇기에 청년기의 무수한 꿈과 희망을 다 펴보지 못하고 간직한 채 솥에서 볶이고 햇살에 말려지는 존재가 바로 작설차 잎인 것이다. 이러한 작설차 잎을 '미처/ 피워보지 못한/ 잎새의/ 연두빛 꿈'라 표현함으로써 인간과의 대비를 시도한 시구라고 생각한다. 혹시 노인숙 선생님이 아직도 펴지 못한 꿈이라도 있어 이러한 표현을 쓴 것은 아닐는지... 어떻든 간에 이 시구는 작설차의 특성을 잘 살려 인간과 대비시킨 시구로써 그 표현이 아주 뛰어난 것 같다.

다음으로 중장 '그릇 바탕에/ 우러나는/ 저물녘/ 빗소리'라는 부분을 보자.

이 부분은 이 시조가 쓰인 시간적인 배경을 알 수 있는 유일한 부분이다. '저물녘 빗소리'라는 부분에서 우리는 이 시조가 창작되었을 때의 배경이 비가 주룩주룩 내리는 해질녘이라는 것을 알 수가 있다. 아마 작자는 어느 비 오는 날 하루 일과를 마치고 방에 들어와서 추운 몸을 녹이기 위해, 아니면 습관적으로 차를 우려내고 있었을 것이다. 그러한 상황에서 그릇을 데우거나 아니면 그릇에 물을 끓이면서, 아니면 찻잎을 우려내면서(작설차를 잘 마시려면 다기를 충분히 데워야 하고, 물을 끓인 다음에 알맞은 온도로 식혀야 한다. 특히 작설차는 다른 차보다 낮은 온도로 여러 번 우려내는 것이 통례이다.)밖에서

들리는 빗소리를 그릇에다가 대치를 시켜 놓은 것 같다. 청각적으로 들리는 빗소리를 그릇 바탕에 우러나온다라고 표현하여 시각적으로 표현했다고나 할까? 또한 빗소리를 들으면서 느껴지는 작가 자신의 마음(어떠한 마음인지는 모르지만)을 차를 우려내고 있는 자신의 마음과 일치시키고 있는 것이라 생각한다. 예로부터 차를 우려내는 일련의 과정은 자신의 마음을 정화시키고 단련시키는 과정이라고 했다. 그것이 바로 다도이다. 이러한 것을 볼 때 위와 같이 보는 것은 그리 심한 억측은 아니라고 생각한다. 아니면 작자는 차를 마시고 있었는지도 모른다. 차를 마시면서 따듯한 찻잔에서 느껴지는 온기에 저녁때 처량하게 내리는 빗소리마저 따스함으로 승화시키는 경지가 보여지기도 한다.

끝으로 종장 '시간의/ 틈바구니로/ 젖어드는/ 푸른 향기'를 살펴보자.

차를 우려내는 방법은 한번에 푹 우려내는 방법이 있고, 여러 번 찻잎에 물을 통과시키면서 우려내는 방법이 있다. 어느 쪽이든 간에 시간이 오래 걸리기 마련이다. 오죽하면 다도를 하는 것은 시간을 아는 것이라고 하겠는가? 아무튼 종장은 오랜 시간 동안 계속 찻물을 우려내면서 작설차의 그 특유하고 청량한 향기(푸른 향기로 표현되는)에 자신이 빠져드는 과정을 이야기 한 부분이라 생각한다. 시간의 흐름 속에 간간이 생기게 되는 자신의 상념(시간의 틈)으로 스며드는 찻잎의 향기를 이야기함으로써 작설차를 우려내는 과정 속에서 느끼게 되는 작설차의 청량함을 끌어내는 구절이라 할 수 있겠다. 그것이 아니면 차를 마시면서 맡게 되는 차의 내음을 통해 마음의 평화를 찾는 부분이라고도 볼 수 있겠다.

차는 예로부터 색(色), 향(香), 미(味) 세 가지가 가장 중요하다고 하였다. 차는 이 세 가지에 따라 보통 종류가 나누어진다. 이 시조는 이 차의 3가지 요소 중 색과 향에 대한 표현이 뛰어난 것 같다. 초장에서는 작설차의 색(色)을 모든 생물에 성장과정에 빗대어서 그려내었고, 중장에서는 차를 다리는 과정을 비가 내리고 있는 현실을 적절하게 끼워 넣어서 작가의 느낌을 이야기하였다. 끝으로 종장에서는 자신이 처해 있는 현실에서 그 속에 끼어 드는 차의 향기를 묘사하고 있는 시라고 생각한다. 그리고 그 속에서 쓰이는 표현들은 차의 우려낼 때 느껴지는 단편적인 모습들을 아주 잘 표현 한 시조라고 생각을 한다.

하지만 전체적으로는 깊이 들어가지 못한 채 단순히 차를 우려내는 상황의 느낌만을 이야기한 것 같아 아쉬운 생각이 든다. 우리나라에는 차에 대한 시가 많이 있다. 그런데 차라는 것은 다도와 연결이 되고 다도라는 것은 정신수양이나 불교적인 의식과 연결이 되기 마련이다. 불교의 의식에 보면 부처님께 공양을 하게 되는데 그 중에 차를 공양하는 것이 있다. 그렇기 때문에 차에 대한 시는 정신수양이나 불교적인 진리와 관련이 있는 것이다. 다시로 유명한 서산대사나 초의선사, 다산 정약용 선생이 쓴 차와 관련된 시는 모두 이와 관련이 된다. 그때 당시의 다시는 거의 모두 고매하고 뜻이 높은 인생을 이야기하는 시였다.

물론 이것에도 문제가 있다. 그때 당시에 다도에 대한 시를 지은 사람들은 거의 불교의 승려들이었기 때문에 그리고 다공양 속에서 나온 시였기 때문에 불교적인 주제가 어쩔 수 없이 드러나게 되는 것이다. 다산이 남긴 다시도 그의 친구인 한 승려와의 교제나 대화 속에서였다는 것도 주제가 이러한 쪽으로 나오게 되는 이유 중에 하나이다. 당시에 시를 쓰는 사람은 거의 식자층이었고(물론 서민들의 문학 작품도 남아 있지만) 다도를 즐길 줄 아는 사람은 더더구나 식자층밖에 없었다(남아 있는 차에 관한 시는 모두 한시이다). 그러한 상황에서 나온 다시라면 당연히 그러한 주제를 담게 되는 것이 당연한 것이다.

물론 언제나 그런 것은 아니다. 하지만 그렇다고 해도 시속에 담겨있는 뜻은 확실하고 일관되어 명료함까지 느껴지게 하는 작품이 대부분이다. 여기 한번 신숙주의 시를 예로 들어본다.

도갑사의 작설차와
道岬山寺雀舌茶
옹촌 울타리 아래 설매화는
甕村籬落雪梅花
응당 내 고향 생각하는 뜻 알게 하니
也應知我思鄕意
남쪽의 지나간 많은 일 말해 주려므나
說及南州故事多

— 신숙주

지금은 차를 마시는 데에 아무도 방해를 하지 않을 뿐더러

차에 대한 것도 많이 보급된 상태이다. 자연히 차를 즐기는 인구가 늘어나게 되었고 이제는 자신의 인격수양의 주제가 나오지 않아도 되는 환경에 있게 되었다. 그것이 오히려 좋은 현상이건만 그래도 마음 한구석이 쓸쓸한 이유는 무엇인가?

이 시는 예전의 다시처럼 인격의 도야나 불교적인 사상을 담은 시는 아니다. 하지만 차를 우려내는 과정에서 느껴지는 여러 가지 생각들을 시각적 또는 청각적, 촉각적으로 잘 표현했을 뿐만 아니라 자신의 감정(어떠한 감정인지는 확실하게 드러나지는 않음)을 적당히 잘 집어넣은 시조라 생각이 된다. 단지 약간 아쉬운 것은 무엇인가 일관된 주제가 약하고 차에 대한 단순한 서술만으로 끝난 것 같은 느낌을 주는 것이다. 시라는 것은 단순히 어떤 사물에 대한 느낌만을 표현할 수도 있지만 그 속에서 사물에 대한 깨달음이나 통찰이 있어야 좋은 시가 된다고 생각을 한다. 하지만 이 시에는 그러한 것이 확연하게 드러나지는 않는다. 차에 대하여 잘 묘사를 하고 설명한 시임에도 불구하고 무언가 모자라다는 느낌이 드는 것은 바로 이것 때문이 아닌가라는 생각이 든다.

김정석(한국교원대학교 국어교육과 98)

시조라고 하면 거의 대부분의 사람들이 고리타분하다고 생각할 것이다. 그래서 대부분의 사람들은 현대시는 많이 읽지만, 그에 비해 우리 전통적인 시가 양식 중의 하나라고 할 수 있는 시조는 별로 많이 접하지 않는 것 같다. 국어교육을 전공하는 전공자인 나 또한 솔직히 말해서 우리의 시조에 대해서는 등한시했던 것이 사실이다.

여강시가회에 올려진 시조들을 읽고서 감상문을 쓰고 있는 지금, 시조의 매력에 한껏 빠져 있다. 그 짧은 시에서 어떻게 그렇게 많은 의미들을 내포하고 있는지, 군더더기 하나 없는 시어들이 이뤄내는 행간의 의미들 속에서 삶을 읽고, 인생을 읽고, 뛰어난 상상력을 읽는다.

차(茶)는 군대에 있으면서부터 좋아하게 되었다. 군대라는 갇힌 사회에 살면서 가족, 연인, 그리고 친구들이 무척이나 그리웠다. 또한 비판이란 있을 수 없고 상명하복(上命下服)만이 존재할 뿐인 폭력적인 집단에 있으면서 너무나 힘들었다. 그때 처음 차(茶)를 접하게 되었다. 차(茶)는 나에게 있어서 좋은 친구였다. 외로울 때 나의 가슴을 따뜻하게 적셔주었고, 폭력적인 언행과 행동에 익숙해져 갈 때 '너만은 그러지 말아라.' 하면서 나를 돌아보게 하는 여유를 주었다.

위에 적힌 '작설차(雀舌茶)'라는 시조를 읽으면서 참으로 많이 공감이 되었다. 군대를 제대한 지금도 삶의 여유를 잃었다고 생각될 때면 연꽃이 그려진 다기(茶器)에 녹차 잎을 우려내곤 한다. 차를 우려내는 날이 비 오는 날이면 은은한 녹차 향기에 나의 가슴도 녹아져 내린다.

위의 시조를 읽으면서 감탄해마지 않았던 이유가 있다. 나도 차를 좋아하고 즐기지만, 차에 대해서 저런 표현은 쓸 수는 없을 것이란 생각 때문이다. 일상생활에서 자주 접하는 일련의 사소한 일임에도 불구하고, 자신만의 창의적이고 문학적인 표현으로 형상화하는 작가의 삶에 대한 관심과 문학적 창의성에 대해서 감탄을 보낸다. 작설차(雀舌茶)는 곡우(穀雨)와 입하(立夏) 사이에 처음 나온 차나무의 새순이 참새 혀만 할 때 따서 만든다는 뜻에서, 찻잎의 모양이 참새의 혀를 닮아서 붙여진 이름이라고 한다. 그런 작설차(雀舌茶) 잎을 작자는 '미쳐 피워 보지 못한 잎새의 연두빛 꿈'이라고 노래하고 있다. 이 얼마나 간결한 표현이면서도 삶에 대한 달관이 드러나는 문학적 표현인가! 어린 새순으로 만들어진 것은 알지만 그것을 '미쳐 피워 보지 못한 잎새의 연두빛 꿈'이라니…. 마지막 연에서는 차를 마시며 마음의 여유를 즐기고 있을 작가의 모습이 떠오르는 듯 하다. '시간의 틈바구니 속으로 향기가 스며든다.'는 것은 곧 녹차 향기와 함께 마음의 여유를 되찾는 작가의 모습과 다름 아니다. 여유를 잃어가고 있는 요즈음 나의 생활을 다시 한번 되돌아보게 한다. 또한 나의 삶, 내 주변의 일상적인 것들을 그저 하찮은 것들로 치부해 버리고 아무 관심도 주지 않았던 것을 반성하게 한다. 삶을 관조하면서 하찮은 것들일지라도 그것들에서 기쁨을 느끼면서 나를 다스리는 삶을 살아야겠다고 다짐해 본다. 작가의 문학적이고, 창의적 표현이 삶에 대한 관조·애정의 정서와 어울려 더욱 빛을 발하는 시가 아닌가 하는 생각이 든다.

　여강시가회에는 이외에도 수많은 시조들이 있었지만 여기에서 나의 감상을 접으려고 한다. 이런 식으로 일일이 감상을 쓰다가는 언제 끝날지 모르겠다. 대부분의 시조들이 우리의 전통의 생활 감정을 아주 짧고 간결한 형식으로 잘 드러내고 있었다. 아마 이것이 시조의 매력인 아닌가 한다. 장황하지 않으면서 그 속에 포함되어 있는 무수한 의미망(意味網)은 시조만의 특성이자 최대의 매력이라고 생각한다. 간결함 속에 깊이랄까!

그런데, 아쉽게 생각하는 것은 이러한 시조들이 사람들에게 잘 읽혀지지 않는다는 점이다. 나 또한 이전에 시조에 관심을 갖고 제대로 읽어 본 적이 없는 듯 하다. 국어교육을 전공하는 학생이 이 모양이니 다른 사람들은 어떠할지 안 봐도 뻔하지 않겠는가?

시조는 끈질긴 생명력을 자랑하는 우리네 전통적인 시가 양식이다. 고려 말에 정착된 시가 양식이 오늘날에도 그 생명력을 유지하고 있다는 점만 보아도 그러하다. 간결한 구조에서 깊은 의미를 내포(內包)하고 있는 시조의 형식은 그야말로 그 유래를 찾아 볼 수 없는 우리만의 고유한 문학인 것이다. 그런데 이러한 시조가 우리에게 푸대접을 받고 있는 것은 문제가 있다고 한다. 무엇보다도 책임은 학교 교육에 있지 않나 한다. 서구의 자유시가 대부분 교육용 텍스트로 다뤄지고 있는 현재와 같은 상황에서는 어린 학생들이 시조를 접해볼 기회조차 박탈해버린다. 어린 시절부터 시조를 쉽게 접하고, 느낀다면 시조의 장점을 알고 보다 심화된 감상을 할 수 있을 것이다. 더 나아가 시조를 자주 접하게 됨으로써 우리네 전통(傳統)의 정서를 몸으로 익히는 좋은 교육적 효과를 가져 올 것이다.

앞으로 어린 학생들에게 국어를 가르쳐야 할 입장인 나로서는 상당한 책임의식을 느낀다.

물론 시대가 많이 변했음을 부인하지 않을 수 없다. 그렇기 때문에 우리의 감성을 제대로 실어내지 못한 점도 없지 않다. 기본적인 성격을 유지하면서도 지금 세대와 너무 동떨어지지 않는, 같이 숨 쉴 수 있어야 그 동안 유지해도 생명력을 계속해서 유지할 수 있을 것이다. 시조를 계속해서 우리 곁에서 숨쉬게 하고, 우리의 생활 감정을 읊조리게 할 수 있게 하기 위해서는 시조의 대중적 보급이 급선무 일 것이다. 이런 역할은 교사의 책임이기도 하다. 그리고 내용적인 측면에서 너무 고답적(高踏的)인 것에 매달리지 말고 젊은이도 공감을 갖으면서 읽을 수 있는 소재와 내용으로 접근해야 할 것이다.

별로 많이 생각해 보지도 않고서 시조가 소외당하고 있는 작금(昨今)의 현실을 진단하고 앞으로 나아가야 할 방향에 대해서 언급한 것이 아닌가 하는 생각이 들어서 한편 민망하기도 하다. 시조에 대해서 그 동안 등한시했던 것을 다시 한번 뉘우친다. 예비 국어교사로서 막중한 책임감을 느낀다. 아이들에게 외국 것들 일색으로 가르칠 것이 아니라 시조나 기타 우리의 시가(詩歌)로 우리의 정서와 감정을 가르쳐야겠다는 다짐을 한다.

새벽

종 치는 동자승의 입김으로 녹는 하늘
너 울어 깨는 어둠 맥놀이로 머언 소리

땅 깊이 엎드린 중생 외론 영혼 울리시나

그리움 접어 두고 물살로만 퍼지는데
공기처럼 금을 펴서 이어 주는 시간의 빛
인연은 더디게 와도 부처님 말씀인 걸

이은정(한국교원대학교 국어교육과 01)

　시조하면 옛날 양반들이 정자에 앉아서 술 한잔 걸치고 풍류
에 겨워 쓰던 글이라는 생각이 떠오른다. 양반님네들이 쓰시
던 거라 어려운 말 많이 나오고 관념적인 내용이 많아 쉽게
범접할 수 없는 영역에 있다고 생각했다. 그런데 내가 요즘에
접한 시조들은 내가 기존에 가지고 있던 시조에 대한 선입견을
완전 깨버리고 우리가 일상에서 쉽게 접할 수 있을 만큼 친숙
한 것이라는 새로운 생각을 갖게 해주었다. 오히려 요즘 나오
는 시들처럼 잡다한 기교나 수사적 표현이 없고 우리 마음속에
있는 감정들을 솔직 담백하게 표현한 시조들을 보고 시조가
이렇게 좋은 것이었다니 감탄의 또 감탄이 들 정도였다. 좋은
시조작품들을 많이 감상할 수 있는 기회를 갖게 해준 여강시가
회에도 감사한 마음이 한 가득이다. 우리 고유의 양식인 시조
가 이토록 좋은지 진작에 몰랐던 것이 후회가 되었다. 기회가
오면 잡으라는 말이 있듯이 이번 기회에 시조에 대한 공부를
확실하게 하여 여강시가회 한켠에 내 시조 한 수도 오를 수
있게 공부해 볼 작정이다. 여강시가회에 있는 훌륭한 작품 중

에서 특히 마음에 와 닿았던 시조 3편을 골랐다. 다들 훌륭하게 쓰신 작품인데 해석을 한다는 것 자체가 송구스러워 얼굴을 들 수 없을 정도이다. 그래도 숨 한번 크게 쉬고 감상에 도전해 보고자 하니 최선을 다 해야겠다는 생각뿐이다.

어스름 지피며 다가오는 새벽이 내 옆에 살포시 다가오는 것 같다. 만물이 하루를 시작할 준비를 하는 시각. 오늘은 또 무슨 일이 일어날지 미리 준비해 사람들로 하여금 대비를 하게 하는 시각. 아침도 아닌 것이 밤도 아닌 것이 어둠과 밝음에 중간에 부딪쳐 어둠에 머물게 하지 않고 좀 더 밝은 태양아래 있게 하려는 카오스적 시간. 밝음과 어둠 속에서 우리를 천천히 밝음으로 옮기려는 새벽의 장대함이 눈앞에 펼쳐진다. 시인은 이 시조에서 새벽이 가지는 의미는, 누군가를 위해 무언가를 준비를 하고, 인고를 통해 새로운 시간을 만들어 가는 어둠과 밝음의 중간적 시간으로서 서서히 퍼져가는 물살과도 같은 새벽의 모습을 그려내고 있다. 전체적으로 불교적 색채가 짙은 이 작품은 동자승, 중생, 인연 등 불교에서 자주 쓰이는 용어들이 등장하고 있다. 절 처마 끝에 달려있는 물고기 모양의 철 같은 것이 생각나면서 고요한 절의 새벽 풍경이 그려진다. 절 하면 아침에 울려 퍼지는 종소리와 스님들이 비를 들고 부지런히 마당을 쓰는 모습이 생각난다. 그런 생각을 하면서 이 시를 감상하니 더 와 닿는 것 같았다. 새벽부터 일어나 종을 치는 동자승은 분진 속에 살고 있는 우리 중생들을 일깨우는 절대적인 존재이다. 우리를 일깨우는 자가 없다면 우리는 한없이 고통의 세계에서 살고 있을 것이다. 바로 동자승이 우리를 위해 준비하고 인고하는 존재인 것이다. 이 종소리는 우리를 깨달음에 이르게 하는 신호탄이고 이제 우리는 천천히 어둠을 벗어날 때가 된 것이다. 어둠을 길게 해 새벽을 오지 못하게 하는, 밝음을 재촉해 새벽을 짧게 하든 그 시간의 길이는 부처님의 말씀대로 하겠다는 시인의 말은 이미 해탈의 경지에 이른 것 같았다. 누군가를 진심으로 믿고 그 믿음대로 살아갈 것 같은 시인의 삶의 한 단면이 나타나는 대목이다. 개인적으로 아침잠이 많아 새벽에 일어나는 일은 상상도 할 수 없는데 생각해 보면 나는 새벽이라는 참회의 시간을 잃고 살아가는 중생이다. 어둠과 밝음의 그 중용의 시간을 느끼지 못하고 밝음 아니면 어둠의 두 시간 축에 살고 있는 내가 왠지 시간을 유용하게 못 쓰는 자책감이 든다. 새로운 인연을 맺게 하는 새벽의 시간을 나도 느껴봐야겠다는 다짐을 하며 감상을 마무리한다.

이보람(한국교원대학교 국어교육과 01)

언제부턴가 조용한 산에 자리잡기 시작한 절간...

그 절간이 여는 아침 종소리는 온갖 욕망에 둘러싸여 인욕(人慾)의 때를 안고 살아가는 우리들의 마음을 정화(淨化)한다.

절의 하루는 새벽 3시에 시작된다. 그러니 동자승의 종소리와 함께 시작되는 시의 제목도 새벽이 된다. 그 때에 종을 치고 손 시려 동자승이 부는 입김은 하늘까지 따스하게 해주고 울려 퍼지는 종소리는 엎드려 있는 외로운 중생의 어둠까지 깨며 영혼에 다가간다. 1연이 그렇게 은은하게 퍼지는 종소리를 둘러싼 풍경이라면 2연은 보다 불법을 전함에 충실하고 있다.

좋은 그리움은 접어둔 채 퍼지고 보이지는 않지만 항상 내재(內在)해 있는 공기처럼 시간은 흘러드니 인연이 더디게 와도 모두 부처님 뜻인 것이다. 이처럼 <새벽>이란 시를 통해 화자의 고요한 마음 즉, 더딘 현실을 원망하지 않고 진리의 빛에 귀의해 그 모든 것을 조용히 받아들이고 있는 마음을 엿볼 수 있다.

노인숙(盧仁淑)

고불 맹사성기념 전국시조백일장 일반부 장원
시조문학 신인상 수상
한국시조문인협회 회원
여강시가회 회장
씨얼문학회 회원

현재, 청주고등학교 교사
한구교원대학교 국어교육과 겸임교수

희명(希明)의 노래

인쇄일 초판 1쇄 2002년 12월 09일 / 2쇄 2006년 04월 15일
발행일 초판 1쇄 2002년 12월 19일 / 2쇄 2006년 04월 25일

지은이 노인숙 / **발행인** 정진이 / **발행처** 새미 / **등록일** 1987.12.21. 제17-270호
서울시 강동구 암사동 463-25 2층 / Tel : 442-4623~4 Fax : 442-4625
www.kookhak.co.kr / E-mail : kookhak2001@hanmail.net
ISBN 978-89-5628-038-7 03880, 가 격 6,000원

* 새미는 국학자료원의 자매회사입니다.
*저자와의 협의하에 인지는 생략합니다.